光文社文庫

文庫書下ろし

# 彼女は死んでも治らない

大澤めぐみ

光 文 社

この作品は光文社文庫のために書下ろされました。

# 目　次

のぼる
**昇**

小学生の頃からずっと一緒の男子。
ここまでくると、もはや呪い!?
探偵役の私よりも
探偵っぽいんだけどな～。

じんの ようこ
**神野羊子**

そう、このわたしです。
普通科の新入生。
とにかく沙紀ちゃんのことが
大好きです。以上!

はすみ さき
**蓮見沙紀**

想像を絶するレベルで
凄まじい美人さん。
クラスは違うけど
同じ高校ってだけで
幸せなのだ(ニヤニヤ)。

とどろき かえで
等々力楓

お寺のお家生まれの
クールビューティーさん。
鉄壁の無表情キープで
四角四面で謙虚で……
(あれ、この子が苦手!?)。

くまがい のあ
熊谷乃亜

沙紀ちゃんのクラスメイトで
いっつも笑顔の女の子。
いい加減に見えて
時々核心を衝く
言葉にドキッとするんだよね。

装丁　河村杏奈（大塚いちお事務所）

イラスト　焦茶

# 彼女は死んでも治らない

第1話
四月はドキドキの首なし密室

いい加減、殺人事件には慣れっこになっているとはいえ、扉を蹴破ってみたら首なし死体が逆さに吊るされているというのは流石に初めてでめちゃくちゃびっくりした。

「うわぁ！　沙紀ちゃぁん!?」

わたしが泡を食って部屋に飛び込むと、うしろから昇の「あれ？　おかしいな」という、いつもの緊張感に欠けたどこかぼんやりした声がする。

「それは首なし死体だ。つまり、顔が分からない。それなのに、どうして神野は一目見ただけで即座にそれが蓮見だと分かったんだ？　もしかして、神野は最初からここに蓮見の首なし死体が逆さに吊るされていることを知っていたんじゃないか？　なぜなら、蓮見の首を切ってここに逆さに吊るしたのは神野自身だからだ」

2カメにキメ顔しながら、ビシッ!!　と、こっちに人差し指を突きつけてくる昇に

「いや、なに言ってんの。顔なんかついてなくても、沙紀ちゃんが沙紀ちゃんだってことくらいパッと見ただけですぐに分かるに決まってるでしょ普通。友達なんだし」と、

わたしは最THE高に冷ややか（COOL）な半眼で言いかえす。

ホラだって、ふくらはぎのここンところの芸術的な曲線とか腰まわりのしなやかなラインとか、もう完全無欠にオンリーワンかつナンバーワンな、唯一無二の沙紀ちゃんオブ沙紀ちゃんじゃん。この神の御業（みわざ）としか思えないような美しい身体の持ち主が沙紀ちゃんでないなどということがあり得るだろうか？（いやない）こんな、ザ・パーフェクトボディの持ち主が沙紀ちゃん以外にそうそういてたまるものか。

「う～ん、分かるものなのか？　まあ、神野なら分かるのか。そうか。いつも蓮見のこと、じっくりねっとりと舐め回すみたいに観察してるしな」

　昇の言いかたァ！　に、多少の棘（とげ）を感じるけれど、わたしが沙紀ちゃんのことをじっくりねっとりと舐め回すように観察しているのは事実なので、そこはとくに反論はない。

　ていうか、ぴちぴちの新女子高生であらせられるところの真新しい制服に身をお包みになられた沙紀ちゃんの首なし死体はもちろんスカート姿なので、両足首を虎紐で括（くく）られて逆さに吊るされている現状はパンチラどころか豪快なパンモロ状態であり、のっけから随分な読者サービスが大盤振る舞いも甚（はなは）だしい。まずはバーン!!　と、お色気要素で読者のハートをがっちりキャッチ!!　悪くない手法ですよ!!

んなわけあるかバカ!!(バカ!!)

いや薄暗くて狭い、廃墟みたいな荒れ果てた部屋の真ん中に、超越的に綺麗なプロポーションの首なし死体が逆さに吊るされているというのは、前衛芸術的なある種の美しさがないこともないんだけれど、絵面てきにセクシー感があるかといえば全然そんなことはないし、普通に引く。ドン引きですよ。パンツ周辺を構成する要素はなにひとつ変化してないはずなのに、死んでて首がないっていうだけでセクシャルな印象でなくなるのはどういったことだろうね？　まこと、人間の認識とは摩訶不思議なものよなぁ。

「仮にこれがミステリー小説だったら、首なし死体が出てきた時点で、入れ替わりとかバールストン先攻法を疑うのが鉄則なんだけど」

また顎を触りながら呟く昇に、わたしは「この身体つきは疑いの余地なく沙紀ちゃんで間違いないよ。うん、間違いないね」と、確信をもって返答する。

人間の目の解像度というのは驚くほど高いし、特に人物の識別に関わる部分ではより顕著だ。ただでさえ個体の識別は人間の社会性の基盤なのだし、親しい間柄ともなればなおのこと。首なんかついていなくても、そうそう別の人物と誤認したりはしない。

「まあ、誰かひとりでも見分けることができてしまったら、それですべてが瓦解するわけだから、死体の入れ替わりトリックって手間のわりに効果は期待できないよな」

「うん。仮に自分にはまったくのそっくりに見えたとしても、自分には見分けがつかないから他の人にも区別はできないだろうって考えるのは、楽観的に過ぎるよね」

でも逆に、わたしは外国人の男性俳優の顔を区別するのがめちゃくちゃ苦手で、ガイ・リッチーの映画とか観てると誰が誰だかぜんぜん分からなくなってしまったりもする。ていうか、そもそも登場人物が多すぎるんだよね。スラップスティックをやるにしても、もうちょっとスッキリさせてほしい。えっと、なんの話だったっけ？

あそう、個体識別の話。まあそんな感じで（？）人物に対する識別の精度というのは人それぞれで個体差が大きいから、なんでもかんでも自分を基準に物事を考えていると、不意に足をすくわれちゃうと思います。ここまでの話はオーケイ？

「それを言うなら、人を殺しておいてバレないつもりでいるのがそもそも楽観的に過ぎるしな。殺人者ってのは根本的に刹那的で楽観的なんだ」と、昇は首を横に振る。

うん、そりゃそうだ。人殺しなんかしたら大抵はバレるよね。まずい飯屋と悪の栄えた試しはないのです。なんのつもりか知らないけど、とりま猟奇的なシチュエーションにしてみました！　って感じのやっすいミステリー小説みたいな安直な考えは本当にやめてほしい。学園ミステリーをやるにしても「わたしを部室に閉じ込めたのは誰？」とかの、コージーでチャーミングな謎を解き明かしながら灰色の高校生活がすこしずつ色づいていくてきな日常系がわたしの理想なんだけど。いきなり友達のパンツ丸出し首なし逆さ死体からはじまるのは、いくらなんでもレベルが高すぎない？

「ていうか、この首なし逆さ死体が沙紀ちゃんだってことは、昇も見た瞬間に分かってたでしょ？」と、わたしは念のために確認する。え、だって首がない程度のことで誰だか分からなくなっちゃうなんて、普通に友達としてあり得ないし。「さっきの昇の理屈だと、昇が犯人でもおかしくないってことになっちゃうと思うよ？」

「いまどき助手役が真犯人はもう古臭いでしょ……」

そう言って、昇は眉をしかめる。うん、助手が真犯人とか探偵が真犯人とか、いっそ読者が真犯人とか、そういう系の奇を衒ったたけのやつはいい加減やり尽くされていて逆に意外性がないから、ないよ。ないオブなしです。なんかあるよね？　みんなして個性的であろうと頑張るせいで、逆に没個性的になっちゃう現象。うーん、痛い痛い。

ちなみにこういう場合（どういう場合だよ）は、わたしが探偵で昇が助手っていう役割分担が定着している。わたしも素質てきには昇のほうがよっぽど探偵向きの性格じゃなかろうかとは思うんだけど、こういうのは一度そういう風に役目が定着しちゃうと、そうそう簡単に「やっぱ交替ね」というわけにもいかないものなのだ。

「まあ、高校の入学式の直後にソッコーで殺されて首を切られて逆さに吊るされちゃうなんて超絶スピーディーな展開、蓮見以外ではそうそう考えられないしな」

どうやら昇は身体つきで判断しているわけではないようだけど、この死体が沙紀ちゃんであるという推定には異存ないらしい。この状況で、こんな風にアクロバティックに人が死んでいるなら、それは沙紀ちゃんだろうという推論は、たぶん正しい。その結論に至る過程を説明するのは面倒なんだけど、これはもうどっちかというと演繹も必要としないようなただの経験則として、わたしと昇は既にそのことを知っているのだ。

というわけで、この死体は沙紀ちゃんのもので間違いない。ふたりしてそんな根本的な勘違いはあり得ないから、これは確定情報でいいと思います。オーケイ？

「でも、いくら沙紀ちゃんといえども、このスーパー速度には驚くよね」

わたしが呆れ半分で呟くと、昇も「入学初日だもんな」と、肩を竦める。

入学からわずか数時間で猟奇殺人事件が発生しちゃってるけど、この高校、本当に大丈夫なんだろうか？　いや、いまの時点でもうぜんぜん大丈夫ではないんだけど、一向にダメダメなんだけど。普通はやっぱり、こういうのが起こる前にはなにか前触れなり予兆なりがあって然るべきで、こんな初手▲5一歩みたいなのは、いくらなんでも反則でしょ。こんなの防ぎようも警戒のしようもなくない？　わたしたちがこれから先の三年間この高校に通うことはもう決まっちゃってて、今さらそこに他の選択肢はないわけで、まあ本当に本気を出せばなくもないんだろうけれど基本的にはない感じなわけで、そこにきて開幕猟奇殺人事件は、とびきりの底抜けに幸先が悪いにもほどがある。

「うちの中学からこっちに上がってきたのって神野と蓮見の他には誰もいないはずだし、神野が犯人じゃないとすると、顔見知りではない初見の人間の通り魔てきな犯行ってことになるのか。首を切って逆さに吊るすのだって楽じゃないだろうし、そういう諸々の時間も考慮すると、犯行時刻は入学式の終了直後くらいかな」

「朝は地元の駅から一緒に電車に乗って登校してきたんだし、わたしは入学式の会場の第一体育館に行く途中でも、遠目で人垣の向こうに沙紀ちゃんの後ろ頭を見かけたから、その時点ではまだ生きていたのは間違いないよ」

「でも、見たって言っても後頭部だけなんだろ？　それは間違いなく蓮見だったか？」

昇が訊いてきて、わたしはまた確信をもって「間違いないよ」と返事をする。

「だって、頭にエビフライがついてたし」

まあエビフライなんて分かりやすい目印がなくても、わたしが沙紀ちゃんのエスペシャリーな後ろ頭を見間違えるなんてことは絶対にあり得ないんだけど。

「ああ、あれな」と、昇も納得する。「うん、あれはさすがに見間違えないか」

そもそも入学式なんだから、式のはじめから人数が足りてなかったら担任の教諭とかが気付くよね。だから、沙紀ちゃんは入学式には出席していた。ここは疑わなくていいと思う。なにを考えるにしても事実に基づかないとなんの意味もないんだけど、とはいえ、なんでもかんでも無暗やたらに疑ってかかっていたら、話が一向に前に進まない。

入学式が始まってからはハゲの教頭の開式の言葉とかハゲの校長の式辞とかハゲの来賓の祝辞とかハゲ……ではない在校生代表の歓迎の言葉とかを聞いて、校歌斉唱とか閉式の言葉とかがあって。そのあと、各々の教室に戻ってLHRをやって、わたしの席は窓際でポカポカと気持ちがよくて、はんぶん寝てたからあんまり覚えてないんだけど、最後まで特にトラブルはなかったはず。で、解散になったのが午前十一時半くらい。

「犯行時刻は、たぶんそれ以降だとは思うけど」

なんといっても入学式だから、ほとんどの子は保護者と一緒に早々に帰ってしまったんだけど、わたしの家は両親ともに海外だから来ないし、沙紀ちゃんの家は父親しかいないうえに超仕事マンって感じの人だから来てないしで、解散になるやいなや、わたしは速攻で、わ～い沙紀ちゃんと一緒に帰ろ～!! って、特進科のクラスまで沙紀ちゃんを呼びにいったんだけど沙紀ちゃんが見当たらなくて、電話を掛けても出ないしラインでメッセージを送っても既読もつかないしで、なにかがおかしい。これが仮に他の人なら、わたしもそこまで気にしないんだけど、なにしろ相手は沙紀ちゃんだ。ことが沙紀ちゃんに関わる場合、物事はなるべく悪いほうに予測しておいたほうがいい。

で、そのへんの子を捕まえて「沙紀ちゃん知らない？」って訊いてみたんだけど、なにしろ入学式直後だから「沙紀ちゃんって誰？」って感じで「このクラスで一番かわいい子が沙紀ちゃんだよ」「え、でもあなた、普通科の子でしょ？ まだこのクラスの顔ぶれとか知らないじゃん？」「知らなくてもそこは分かるのどこにいようとどんなクラス割りになろうとも沙紀ちゃんは常にクラスで一番かわいい女の子なのこれは恒真命題であり世界の真理なの」ってやりとりがあって若干引かれたりしつつも「こんな（こんな）感じのオシャレガーリーなサイドツイストで」「いや、そのジェスチャーじゃまったくどんな感じか分かんないんだけど」って、沙紀ちゃんはふんわりカーリーのロングヘヤーで毎日なにかしらのアレンジをしてるオシャレさんなんだけど、わたしはちょい伸びめのショートウルフで括るほどには髪が長くないから、そのものをやって見せるってわけにもいかなくて、身振り手振りを駆使して「だから、こう（こう!!）」とか、がんばって説明してたら最終的にはなんとか「ああ、あのスラッと綺麗な感じの、頭にエビフライがついてた子ね」みたいな感じで沙紀ちゃんが誰かは分かってもらえて、入学初日からエビフライはさすがにトバしすぎじゃないかな〜って内心ちょっと思ってたんだけど、そういう分かりやすい特徴があったおかげで見ず知らずの子とも沙紀ちゃん認識を摺り合わせることができたわけだから、なにごとも善し悪しではある。

ちなみにエビフライといっても、もちろん本当に本物のエビフライが頭についているわけじゃなくて、本物のエビフライみたいなリアルな食品サンプルがついたヘヤゴムで髪を括っていたっていう話ね。もともとわたしが誕生日にプレゼントしたものだから、ちゃんと愛用してくれているのは嬉しいんだけど、こんなことなら変にふざけたりせずに普通にちゃんとかわいいものを贈ったほうがよかった気がしなくもないよね。なお、わたしもお揃いのエビフライを持っています。はい、ここ重要な情報ですよ！

で、結局「そういえばいつの間にかいないね〜？　もう帰ったんじゃない？」みたいな話でうわ～コイツ使えね～って舌打ちして、沙紀ちゃんがわたしを置いて何も言わずにひとりで先に帰っちゃうとか普通に考えてあり得ないし、なにしろわたしと沙紀ちゃんは友達なのでそういうのは絶対にあり得ないし、なのでこれは確実になにかがあったぞ～？　って、昇にも沙紀ちゃんが行方不明であることを伝えて、昇は「え、めんどくさ」とか言ってはいたんだけど、わたしが「は？　めんどくさってなに？　沙紀ちゃんの行方が分からなくて連絡もつかないのに心配じゃないわけ？　そういうの、人としてどうかと思うよ？　友達じゃないの？」と激ヅメしたら、なんだかんだで一緒に探してくれたから意外といいやつだとは思う。でも、どうせ動くなら四の五の言わずにふたつ返事で動いたほうが印象いいよ？　結局のところ支払う労力は同じなわけだし、グズッてもたんに得るものが少なくなるだけじゃない？　で、学校中を探し回った挙句に「なんかここが怪しいぞ？」っていう話になって、バーン！　と古ぼけた扉を蹴破ったところで冒頭のシーンに戻ります。はい、やっと繋がった‼（息切れ）

「で、繋がったのはいいけど、ここってどこなわけ？」と、いまさらながら、わたしはこの部屋の中を見回す。少なくとも学校の敷地内のどこかではあるはずだけど、雰囲気てきには完全に廃墟の一室って感じで、なんで校内にこんな首なし死体を逆さに吊るすのにうってつけな、荒れ果てた暗い部屋があるのかは分からない。

「学校案内を参照すると、ここはどうやら旧部室棟と呼ばれている建物のようだな。何年か前に半地下の部室棟が併設された新体育館が完成して、いまではそっちだけで全部まかなえるし、耐震強度上の問題もあるってことで、もう使用されていないらしい」

「使わないなら使わないで、解体なりなんなりすればいいと思うけど」

　こんな如何にも首なし死体を吊るして下さいね〜みたいな部屋をそのまま放置しておくから、首なし死体を吊るされる結果になっちゃうのだ。割れ窓理論っていうのがあってね？　治安をよくしたかったら、まずは小綺麗にしておくのが重要なわけですよ。

「解体するにも、他の校舎が邪魔になって重機が入れないいんじゃないか」

　昇の言うとおり、この旧部室棟（という建物のようです）は、新校舎と第一校舎に挟まれた中庭みたいなスペースにあって周囲を完全に塞がれてしまっているので、まずは横の第一校舎を崩さないことにはどうにもならなそうではある。ん〜、計画性!!

　無駄に伝統のある（ようするに古い）この高校には敷地内に四つの校舎と二つの体育館と、その他諸々の大小さまざまな謎の建造物がひしめき合っていて、しかも無計画に建て増し建て増しであとから付け足されてきたものだから、ラストダンジョン並みに構造が入り組みに入り組んでいて、うっかりこういうことも起こってしまうのだ。第二次ベビーブームでワッ！　と生徒数が増えたときに慌てて建て増ししたけど、いまでは生徒数が半減していて、ごちゃごちゃとしているわりには使ってない部分が多いっぽい。

旧部室棟は、外観は古臭い貧乏学生向けアパートって感じの鉄製の外階段と廊下がついた二階建てのプレハブで、なにかしらのノスタルジーが刺激される系の趣あるボロさだから、こういうのは個人的にはそんなに嫌いではない。

で、今いるのはその一階の一室で、もとが部室だからそんなに広くない。せいぜい八畳程度の縦長の間取りで、両サイドにスチールロッカーが並んでいるほかは、古びた折り畳みのパイプ椅子が何脚か端に寄せてあるくらい。開口部はわたしが蹴破った扉と、反対の壁にある窓の二か所だけ。窓はベニヤ板で内側から塞がれているから、室内は薄暗い。もうずいぶんと長いこと使われていないみたいで埃っぽいし、落ちた天井板がそのまま乱雑に放置されてるしで、雰囲気てきには廃墟と言ってしまったほうがしっくりくる。で、ちょうど真ん中に沙紀ちゃんの首なし死体が逆さにぶら下がっている。

誰かが入学式の終了後から、わたしが発見するまでのこの短い時間のうちに、沙紀ちゃんを殺して首を切って、ここに逆さに吊るしたのだ。今のところ確定できる情報はこれだけで、まったくなんの予兆も（おそらく）過去の因縁もない唐突な事件だから、これといった容疑者はいない。あるいは、全員が容疑者とも言える状況だ。

「初対面の見ず知らずの人間が会った瞬間に迷わず殺しにかかってきて、おまけに首を切られて逆さに吊るされちゃうなんて、普通じゃ考えられないことだけど」

「まあでも、蓮見だからな……」

　そうなのだ。こんな普通じゃまず考えられないようなバカみたいなことも、ことが沙紀ちゃんに絡む場合には、十分に起こり得るのだ。

「うーん、神野が犯人であってくれたら、それで終わりで話は早かったんだけどな。そうそう簡単にスピード解決とはいかないか」

「でも、まったくの見当外れだという一点だけに目をつぶれば、筋としては悪くないよ。ミステリーてきなセオリーで言うと、いわゆる秘密の暴露。犯人が犯人しか知り得ない情報をポロッとこぼしちゃったのを、探偵が目ざとく指摘するパターンね」

「まあ、それって別になんの証拠にもならないけどな」

　そうなんだよね。人間というのは個別のさまざまな理由で変な先入観を持っていたり、予想もできないような筋道を辿って妙な勘違いをしていたりするものだから、適当に言ったことがたまたま真相と合致してしまうってことも全然あり得るんだよね。なにかを言ったということだけでは、直ちにそれを知っているということにはならない。秘密の暴露だけで犯人が一意に定まるわけではないし、たとえばそれで警察が犯人を逮捕できたり検察が裁判で有罪に追い込んだりできるかというと、かなり微妙なラインだろう。でも、探偵役がためしに犯人を指摘してみる根拠としてなら十分だ。なにしろ警察や検察と違って、探偵にはなんの責任もない。探偵は基本的に言いたい放題なのです。

秘密を抱えたままでいるというのは、人間にとって思っている以上に大きなストレスだし、実は犯人のほうも早く喋ってしまいたくてウズウズしているなんてことも考えられるから、ヤマカンでもなんでもとりあえず指摘してみて、あとは犯人の素直さに期待するっていう作戦も、なくはない寄りのなくはない。言うだけならタダだもんね。

「でも、そもそもわたしが沙紀ちゃんを殺すわけなくない？　友達なんだし。昇って今までわたしのことをそういう目で見ていたの？　え？　馬鹿じゃないの？」

「そうとも言えない。僕も神野が蓮見に対して悪意を持っているとは思わないけど、蓮見の場合、これまでも被害を受ける理由としては、悪意よりも行き過ぎた好意に由来することのほうが多かった。悪意も好意も、どちらも等しく動機になり得る」

十分に行き過ぎた好意は、もはや悪意と区別がつかない。うーん、その言い分じたいにはわたしも異論はないけどね。わたしは犯人じゃないけど。

「たしかに、わたしはちょっと普通じゃないレベルで沙紀ちゃんのことが好きだけど、いくらなんでも殺して首を切って逆さに吊るしたりはしないよ？　どんな愛情表現なの。ていうか、たぶんわたしの腕力じゃ沙紀ちゃんを逆さに吊り下げるのとか無理だし」

「ああ、そうか。神野なら愛情表現のつもりで勢い余って蓮見を殺しちゃうことがあったとしても、体格てきに蓮見の身体を吊り下げるのは厳しいか」

殺しちゃうことはあると思ってんのかよ。まあいいや。探偵ってのは予断なくあらゆる可能性を検討しなきゃいけないものだしね。そのくせ「体格てきに女性には難しいから」みたいな曖昧な根拠で気安く人を容疑者から外したりしがちだけど。そんなの、本気出したら人間けっこう土壇場でパワー出したりもするよ？

「ていうか、人を逆さに吊るすのって、わたしに限らず大抵の人には難しいんじゃない？　沙紀ちゃんはかなり細いしスタイルいいし相対的に言えば女子の中でも軽いほうだとは思うけど、そうはいっても人間なんだから絶対的にそれなりの重量はあるもの」

故に犯人はムキムキのマッチョマンに限られる！　とかなら、まあ犯人探しも楽になってもいいんだけど、それよりは、動滑車とかウィンチなんかの原動機を使ったと考えたほうが、まだ近い気がする。いまザッと見た感じでは、ただ足首に紐が結び付けられているだけで、そういった細工があるようには見えないけれど、動滑車を使って吊った後に別の紐を足首に括りつけてから最初の紐を取り除けば同じ状況は再現できるので、ぜんぜん腕力がなかったとしても、やってやれないことはないと思う。

「うん、そうだな。手間は掛かるけど、華奢な人間にも不可能ではない。そう考えると、依然、神野も有力な容疑者のひとりではあるのか」

あのさぁ……。昇は、どうあってもわたしを犯人にしないと気が済まないわけ？

「わたしは犯人じゃないってば。それは朝からずっと一緒にいた昇が一番分かっていることでしょ？　昇の目を盗んで、一瞬の隙にこれをやるのはさすがに無理だって」

わたしがそう言うと、昇はすかさず反論してくる。わーめんどくさ。

「神野が僕とずっと一緒にいたっていうのが、まず怪しいよね。その時点でなにかの作為を感じる。一緒に第一発見者になることで、僕をアリバイの証人に仕立て上げるつもりかもしれない。きっと裏でなにかアリバイトリックを仕掛けていたんだ」

「いや、わたしだって別に好きで昇と一緒にいたわけじゃないんだけど」

でも、また同じクラスになっちゃったんだから仕方ないじゃん？　そのうえ席まで隣だし。腐れ縁も極まれり。わたしと昇は、これで小学校から通算十年連続で同じクラスということになるから、ここまでくると概念的にはもう腐れ縁というより呪いとかに近い。沙紀ちゃんとも同じクラスだったら良かったんだけどな〜。まあ沙紀ちゃんは特進科でわたしは普通科だから、そもそも同じクラスになれるわけないんだけどね。

科が違うとはいえ、沙紀ちゃんと同じ高校には合格できたわけで、やった〜!!　これでまた三年間は沙紀ちゃんと一緒だ〜!!　って喜んでたんだけど（普通科合格すらわたしにとっては快挙である）学科の違いって思ってた以上に壁があるみたいで、朝は一緒に登校したんだけど校門をくぐってピロティの掲示板でクラス割りを確認して以降は今の今まで一回も顔を合わせることがなかったんだよね。じゃあまた後でね〜、なんて言って笑って手を振って別れて、次に会ったときにはもうパンツ丸出し逆さ首なし死体になっているとか、いくらなんでも人生がハードモード過ぎる。

「しかし誰がやったのか知らないけれど、蓮見が目立つタイプだからこそ異常者に目をつけられちゃうんだろうから、あんまり人目を引き過ぎるのも考えものだよな」

「なにそれ。この状況が沙紀ちゃんのせいだって言いたいわけ？」

わたしが急に声のトーンを落として言うと、昇はちょっとだけ慌てて「別に、そういう意味で言ったわけじゃない」と、手を横に振る。

「だいたい今はそんな場合じゃないだろ。細かいところにいちいち噛みつくなよ」

うむ、それも実にその通りではある。今はしょーもない言葉尻をつかまえて昇にウザ絡みしている場合ではない。

沙紀ちゃんは一言で表現するなら「超引き寄せ体質」の子だ。

本人はものすごく朗らかで親しみやすくて笑顔がチャーミングで肌が白くてしっとりつやつやモチモチでフローラル系のいい匂いがしてめちゃくちゃ綺麗で性格もいい、この世にあまねく存在する「善さ」という概念がそのまま受肉したかのような最高に最高のかわいいガールなんだけど(↑超早口)いったいなにが原因なのか変な人に目をつけられやすい体質で、昔から道を歩いているだけで不審者だの変質者だの異常者だのに絡まれたり、厄介なトラブルに巻き込まれたりということが珍しくなかったのだ。わたしと昇は子供の頃から沙紀ちゃんと友達なので、そういった事態にもすっかり慣れてしまってはいるんだけど、しかし、とうとう首を切られて逆さに吊るされてしまうところまできちゃうとは、物事というのは悪い方に転がるぶんには本当に容赦がない。これが底だろうと思ったところからでも、まだいくらでも底が抜ける。

「ちくしょう、凶悪な犯人め！　許せない!!　絶対にこの手で見つけ出してやる!!」

わたしが奥歯をギリギリと噛みしめながら拳を握ると、昇は例のぼんやりとした口調のまま「あ、やっぱ今回もそれ、やるんだ？」と、溜め息をつく。

「当たり前じゃない。ちゃんと沙紀ちゃんの敵（かたき）をとってあげないと。友達でしょう？」

「や、うーん？　まあ普通は警察に任せたりするものなんじゃない？　殺人事件なんだし。知らない間に部室に閉じ込められていたのとは、話が違い過ぎる」

「なに言ってんの。知らない間に部室に閉じ込められていたみたいな話こそ、別にどうだっていいじゃない。ことが殺人事件だからこそ、わたしが推理をして真相を看破することで、犯人を見つけ出してバキバキにしてやらないとでしょう？」

わたしの剣幕に、昇は諦めたみたいにフゥと息を吐いて「まあ仕方ないか、友達だもんな。面倒だけど、やるか」と、言う。「やるならやるで、さっさとキメてしまおう。こういうのは、もたもたと時間を掛けると大抵ロクなことにならない」

「うん、そうだね」と、わたしも頷く。「時間は掛けない。いま、ここで解決しよう」

もたもたしていたら、その間にも状況はまだ悪くなる。最悪の状況からでも、状況はいくらでも悪くなれるし、それはさらに加速していく。最悪さには底がない。そういうことを、わたしと昇は経験的に知っている。

普通、人間は人間を殺さない。少なくとも現代のこの文明社会にあっては、そういうことになっている。なんで？　とか、どういう理由で？　なんて理屈は抜きにして、わたしたちは根本的に、そうそう簡単に人を殺したりはしないのだ。

けれど、人にそういう規範を強いている力は存外に弱く、殺人犯というのは普通の人間には備わっている「それはさすがにダメでしょ～」というリミッターがいくつか外れた状態になっている。こういう人間は、なにをしでかすかまったく予想がつかない。

犯人がまだ、警察の追及などから完全に逃げ切るつもりでいるのであれば、状況としてはマシなほうだと言える。バレないためにはなるべく大人しくしていたほうがいいわけで、犯人の行動にも一定の抑制が期待できるからだ。でも、そこを既に諦めてしまっている、振り切ってしまっている場合は、非常にたちが悪い。

逃げるのは諦めたうえで、捕まるまでのロスタイムでどこまでいけるか、やれるだけやってやろうぜ!!　みたいなハイスコアアタッカーてき心理になっている可能性もあるし、その場合、次の被害を食い止める手段はかなり限られる。これは殺人事件に限らず、現代社会の運用システムが自爆覚悟のテロリストにはとても弱いという一般論だ。

人をひとり殺したうえに首を切って逆さに吊るすような倫理のキャップが外れた人間が、今もまだなんの制限も受けず自由に動き回っているという現状に対して、しっかりと危機感を持たなければならない。ひとり殺した人間は、ふたり目も殺す確率が著しく高い。ふたり、三人と次々に殺された後で「消去法的に、すべての犯行を行えたのはあなたしかいません!!」とかやっていたのでは圧倒的に遅いのだ。その間に殺されてしまった人はもう生き返らない。普通の人は、死んでしまったら取り返しがつかないのだ。

ここはなるべく相手に行動の機会を与えず、一気にカタをつけるべきでしょう!!

「ようし！　やってやるぜ!!」

「神野。気合いが入っているのは結構だけど、考えるのは後だ。まずは、見れば分かること、調べれば確定できることを集めよう。推理なんか事実が勝手にしてくれる」

ついつい腕を組んで考え込んでしまったうえに最終的にひとりでガッツポーズをキメるわたしに、昇が冷静な声を掛けてくる。うん、そうそう。考えるためには前提となる情報が必要で、それを速やかに可能な限り埋めていかなければなりませんからね。

推測なんか飽くまで推測でしかないけど、事実は事実なので、強度が圧倒的に違う。

推理というのはどうしても埋められないパーツを補塡する最後の手段であって、仮にどれだけ優れた知性を持っていたとしても、初手から椅子に座ったままアレコレ推理という名の妄想を巡らせているだけでは、真実に到達できる可能性は極めて低い。

さて、それでは順番に確認していきましょう。最低限必要なのは、ベースの4W1H。

つまり、いつ？　どこで？　だれが？　なにを？　どうした？　まずはこれね!!　なぜ？　は、絶対的に推測が混入してしまうから、最初のうちは考慮しなくていい。

いつ？　↓今日は四月の入学式当日。現在時刻は午後二時を過ぎたところ。猟奇殺人をやるにはいくぶん早い時間帯だ。いや、うってつけの時刻ってのも分かんないけど。

どこで？　↓旧部室棟の一室。でも、この場所は飽くまで死体発見現場であって、ここがイコール犯行現場であるかどうかはまだ分からない。もうちょい調べる。

だれが？　↓分からない。それを今から考える。

なにを？　↓この首なし逆さ吊り死体は沙紀ちゃん。それは間違いない。

どうした？　↓殺して首を切って逆さに吊るした。ここの詳細をもうちょっと詰めたほうがいいよね。えっと、死因とかそういうやつ？

「どこからぶら下がっているのかと思ったら、天井パネルの内側の構造鉄骨に直接、虎紐を括りつけているみたいだな」

沙紀ちゃんの足首から伸びる虎紐の先を見上げて、昇が呟く。

なにしろ廃墟寸前の部屋なので、天井パネルの一部が外れて内側の鉄骨や配線が露出している。沙紀ちゃんの死体はその露出した太い梁(はり)の一本から逆さに吊るされているんだけど、構造部分の鉄骨のようだから、あれなら人ひとりの体重にもバッチリ耐えられるだろう。ひと昔まえの建築なら梁が露出しているのも珍しくないけど、今どきはだいたい構造は全部隠されているから首を吊って自殺しようにも一苦労という話を聞いたことがある。なるほど、こうやって天井パネルを剝いでしまえば内側の構造が使えるのか。

もちろん新鮮な首なし死体を逆さに吊るしているわけだから、死体からは今も血が滴(した)り続けていて、床はいちおうの畳敷きなんだけど、血を吸って赤黒く変色している。

「ぱっと見た感じでは、身体に外傷はないな。いや、思いっきり首を切られているんだから外傷がないっていう言い方も変だけど、これが実際の致命傷ってことはないし」

そりゃそうだよね。犯人が居合の達人でもない限り、生きている人間の首を一撃でスパーンッ!! と斬り落として、それが致命傷なんていう事態はそうそうない。おそらく、別の手段で殺してから死体の首を切り落としたはずだ。

「身体に他の外傷がないっていうことは、死因は首から上の部分にあるのかな？」

「たぶんね。首を絞めたか、頭への打撃か、そのあたりかな」

うーん、ひょっとするとそれで首を切ったのかな？　頭部になにか決定的な証拠を残してしまって、それを隠蔽（いんぺい）する目的で犯人は首を切って頭を持ち去った？

「そういうのもミステリー小説だと結構よくある路線だけど、実際にやるとなると、かなりリスキーだよな」と、昇が首を振る。

うん。常に物理法則が作用し続ける現実空間においては、立っても座っても首を切っても持ち去っても、なにかをすれば必ず「なにかをした」という痕跡（こんせき）がどこかに残ってしまうし、現代の科学捜査はその痕跡をかなり高い精度で拾い上げる。基本的にはどんなことでも、やればやるほど、より手がかりを残すことになるだけなのだ。

「そうでなくても、首を切るのだって結構、手間と時間が掛かることだから、やっている最中にその現場を誰かにおさえられてしまうことにもなりかねない」

証拠を隠滅しようとする行動がさらなる証拠を残し、リスクを回避しようとする行動がさらなるリスクを呼び込んでしまうのでは、手間を掛けるだけ無駄だ。余計なことは一切考えずに、できるだけ素早く遠くまで逃げたほうが、まだしも目がある。

「とはいえ、人を殺している時点でなにかしらの価値判断は完全にバグッているわけだから、どんな突飛な行動をしたとしても別に不思議ではないんだけど。むしろ、殺人犯が常に合理的に行動するものと仮定して推論を組み立てるほうがどうかしている」

屈みこんで沙紀ちゃんの首の切断面を検分しながら呟く昇に、わたしは「それはそうなんだけどね」と返事をする。「犯人は頭がおかしいのだ」とか「気が動転していたのだ」とかの仮定を導入すると、もうなんでもアリになってしまって推理になんか本当に一切の意味がなくなってしまうけど、でも実際には、犯人の頭がおかしかったり気が動転していたりする可能性というのは、むしろ高いのだ。

なにしろ、殺人というのはそれ自体がすでに極限のトライであるうえに、大抵の殺人犯にとってはその殺人が初めての殺人であるわけで、最初から落ち着いて合理的に行動できる人間なんかそうそうはいない。ごく稀に、天性の殺人者としか思えないような手際を最初から発揮するやつとか、熟練の殺しのプロてきな人間もいたりするんだけど、そういった人物像まで考慮に入れ始めたら、それこそ推理なんかまったくの無意味だ。

「あまり綺麗な切り口じゃないな。スパッと切ったんじゃなく、なんども打ち付けて叩き切ったたって感じだ」と、昇が首の切断面を評価する。どうやら「犯人は居合の達人」

説はないらしい。「得物はたぶん、鉈とか斧とかの重量があって切れ味のよくない刃物」

「ノコギリとかじゃなくて？」と、わたしが適当に訊いてみると、昇は「ノコギリは歯に巻き込んじゃうから、生肉を切断するのには向いてないんだよ」と、応じる。

「骨を切断するのには使えるかもしれないけど、骨が露出するまで肉を切ったのなら、そのまま同じ得物で継ぎ目を狙って叩き切ったほうが早いし。一度冷凍してしまえばノコギリも有用だけど、冷凍庫に入れるにしても、まずは大まかに解体しないと」

うーん、好きでそうなったわけではないとはいえ、人体の解体方法などにも詳しい高校生とか、やっぱヤだな。慣れとは恐ろしいものよ。でもなんにせよ、鉈だろうと斧だろうと、そうそう普段から携帯しているものではないだろうし、事前に準備していたのだとすれば、こう見えて実は計画的な犯行であるという可能性も出てくる。

「それにしても酷い臭いだな」と、鼻を擦りながら昇が立ち上がる。死体とはいえ、女の子に向かって随分な言い草ではあるけれど、まあ実際、いくら元がウルトラフローラルフレグランスの沙紀ちゃんでも、これだけ血とか汁とか出てると、結構臭う。

「これ以上、現状を維持する意味もあまりなさそうだし、これ下ろそうか」

「あ、そうね」

本来は被害者が死んでいることが明らかで、救命措置の余地もないのなら、警察がくるまでは現場を保存するのが鉄則なのだろうけど、わたしはそもそも警察を呼ぶつもりなんかないし、いくら死んでいるとはいえ、花も恥じらうピチピチの女子高生をいつまでもパンツ丸出しのままで逆さに吊るしておくというのもちょっとアレだ。

で、沙紀ちゃんの足首を縛っているのはただの一般的な虎紐だから、なにか適当な刃物があれば切れるだろうと考えて、わたしが鞄の中からカッターナイフを取り出すと、昇が素でビックリしたみたいな表情で「え、神野なんでそんな普通に鞄からカッターナイフとか出てくるんだ？」と、訊いてくる。

「護身用？　それとも通り魔殺人用？　やっぱり神野が犯人だったりするのか？」

「なんでよ。ハサミとカッターナイフとマイナスドライバーくらいまでは、まだ文房具の範疇でしょ。高校生の鞄の中から出てきてもなにも不思議じゃないよ」

それに、いくらなんでもカッターナイフじゃ人間の首は落とせない。

「まあ、別にカッターくらいは出てきてもいいんだけど。ちょっとデカいな、それ」

わたしのはよくある細いほうのカッターじゃなくて、工作とかに使う系の刃が太いやつだから、ちょっと威圧感はあるかもしれないけど、でも文房具の範疇だよね？

沙紀ちゃんの死体はわりと高い位置で吊るされているから、端に寄せてあったパイプ椅子を持ってきて、その上に乗って背伸びをして、ようやくなんとか紐に手が届くって感じ。片手で切ろうとしてもゆさゆさと揺れてしまって上手くいかないから、左手で沙紀ちゃんの死体を押さえつつ、右手を目一杯に伸ばして、なんとか頑張る。

「あのさ、神野」

「なに？　いまわりといいとこなんだけ……どぉ〜っ!?」と、唐突に紐が切れて沙紀ちゃんの死体が落下するし、それを左手で押さえていたわたしも急に支えを失った状態になって椅子のうえでバランスを崩す。先にドシンッ!!　と畳に落ちた沙紀ちゃんの死体のうえに、折り重なるようにしてわたしも倒れ込む。

「や、そのまま紐を切ると片手で蓮見の身体の全重量を支えることになるから、たぶん無理だと思うっていうことを伝えようとしたんだけど」

「いったたた……。言うのが一歩遅いよ」

「普通は言わなくてもそれくらい分かるだろうし、分かったうえで、なにか僕には想定もできない作戦があってやっているのかなって思ったから」

まさか、素で紐を切ったらどうなるかも考えずに、ノープランでやってるとか思わないだろ？　って、昇は言うんだけど、わたしだって天井から吊るされた首なし死体を下ろすのなんか生まれてはじめての経験なんだから、そりゃ凡ミスもしますよ。

「ていうか、昇っていつも、ただ見てるか口出しするかばっかりで、ひとつも手は出さないよね？　別に、手伝ってくれてもいいいんだよ？」

わたしが口を尖らせて不満を口にすると、昇は表情も変えずに「僕はホラ、飽くまで助手で、探偵役は神野だから」と、受け流す。う〜ん、今までの流れでそういう役割分担になってしまってはいるんだけれど、そうは言っても、ねぇ？

「で、大丈夫か？　神野？」と、昇は口では言うけれど、やっぱり手は出してこない。

「あ、うん。沙紀ちゃんの死体がクッションになったから、わたしは平気なんだけど」

ていうか、沙紀ちゃんに思いっきりフライングボディプレスしちゃった感じになってウケる（ウケている場合ではない）。　うわぁ！　沙紀ちゃぁあああん大丈夫⁉　まあでも、もう死んでるから大丈夫もクソも別にないよね。ごめんね沙紀ちゃん……。

「あ〜、せっかく下ろしたての新品の制服なのに、もう血塗れになっちゃった」

「まあ、仕方ないな。最終的に事件が解決しさえすれば、どうにかなるんだし」

「そうなんだけどさ〜」とか、昇と話してたら、唐突に入り口のほうから「あなたたち、ここでなにをしているの？」と、声を掛けられてめちゃくちゃびっくりする。

で、そっちを見ると、わたしが蹴破った扉の陰から女の人が顔を覗かせていて「あなたたち新入生？　この建物は生徒の立ち入りは禁止で……」と、なにかを言いかけたところで、わたしのしたの沙紀ちゃんの死体に気が付いたらしく「え？　なにそれ？　人？　本物？」と、目を丸くして驚きの声をあげる。

う〜んと、今のこの状況を客観的に見ると、たぶん立ち入り禁止の建物の扉を蹴破って侵入した新入生が血塗れで首なし死体にボディプレスをかましているところって感じなんだよね。ああ、そりゃびっくりもするわ。目もミミズクみたいに真ん丸くなっちゃうわ。ていうか、人間いきなり血塗れ首なしボディプレスに遭遇しても、意外と淡白な反応をするものみたいです。ある閾値をこえるとうまくびっくりもできないのは分からないでもない。わたしも沙紀ちゃんの首なし死体に、わりと淡白な反応しちゃったし。

「あ、え？　いや違うんです。これは別にそういうのではなくてですね」と、言い訳しようと（どう言い訳するんだこれ？）しても、女の人は「それ血ですよね？　え？　なにその子死んでるの？　あなたがやったの？」と、逆に畳みかけてくるし、そのへんでようやく事態の異常さを正常に呑み込めたのか、急にシャキッとして「動かないで!!

そのまま!!　そこを動かないように!!　いま警察に連絡しますからね!!」と、ビシッ!!とこちらに指を突きつけながら、もう片方の手でポケットからスマホを取り出す。

いや、まずい。警察はまずいですよ。そんなことされたら色々とややこしいし、これはなんとかしなければな〜どうしたもんかな〜と、助けを求めて後ろを振り返るんだけど、昇はお手上げみたいな顔をしているだけで、ちっとも役に立ちそうにない。

仕方がないから、今まさに警察に通報せんとしている女の人に、わたしは「いえ、違います。わたしはただの善意の第一発見者であって、わたしが沙紀ちゃんを殺して首を切ったわけではありません」と、釈明を試みる。なお、動くなと言われてしまったので、未だに畳のうえで沙紀ちゃんにボディプレス状態のままである。

「うわっ！　その子やっぱり死んでいるのね？　それに、首？　首を切ったの!?」

「だから、わたしが首を切ったわけじゃないですってば。首はすでに切られていたのです。わたしではない誰かが、沙紀ちゃんを殺して首を切ったのです」

なんとか宥めようと努めて冷静に説明するんだけど、女の人は興奮状態であんまり話を聞いてくれない。すこし落ち着きなさいよ大人なんだから。まあ、新鮮な首なし死体を生で見る機会なんて大人でもそうはないだろうから、こんなものかもしれないけど。

「とにかく!!　動かないで!!」と、女の人が大きな声を出すから、わたしもつられてだんだん興奮してきて「だから!!　わたしじゃありませんって!!」と、大声で言い返して、そしたら「嘘おっしゃい!!　外にはあなたの足跡しかありませんでしたよ!!」とか言ってくるから、今どきおっしゃいとか言う？　そうだったっけ？　ていうか、そうじゃなくて。

外にはわたしの足跡しかない？　そうだったっけ？　自分の記憶を手繰ってみても、沙紀ちゃんを探すことだけに気が向いていたから、周囲の状況のことはいまいち判然としない。まあいいや。仮にそれが本当だったとして、その場合は、つまりどういうことになるんだ？　と、また昇のほうを振り返る。昇は改めて窓を確認して「間違いなく、内側から板で塞がれているな」と、わたしに言う。

この部屋に出入り口は二か所。入り口の扉（施錠されていたのでわたしが蹴破った）と、反対側の壁にある窓だけ。でも、窓は内側から板で塞がれていて、これは部屋の外側からできる加工じゃないから、ここに沙紀ちゃんの死体を吊るした犯人は、入り口の扉から出て鍵を掛けていったと考えるのが妥当だ。それが、扉の外にわたしの足跡しか残っていないってことになると、話がおかしい。

ははぁん。これはつまり、密室状態というやつですね？

そこまで思い至った瞬間、わたしはバッ!!　と立ち上がって腰を落とし、警戒レベルを上げて周囲の気配を探る。勢いに驚いて、女の人が「ひえっ!?」と、悲鳴を上げたけど、わたしはそちらには目を向けないまま「ちょっと黙って!!」と、声を張る。

密室に遭遇した場合、ただちに考慮しなければならないことがひとつある。

仮に犯人が扉から出入りしてないとすると、いまの条件下で想定できる他の経路は窓だけ。でも、その窓は内側から板で塞がれている。なら、この条件を満たせるのは「犯人は窓から部屋に入り、それから窓を内側から板で塞いだ」という場合だけで、つまり、犯人はまだ、この室内に留まっているということになる。

密室に行き合ったら、これは密室ですね〜不可解ですね〜とか、のんびり言っている場合ではなく、まずは早急に、室内に犯人が潜んでいないかを徹底的に調べておかないといけない。実はそのとき犯人はまだ室内に潜んでいたのです！　という肩すかしな密室トリックはわりと多い。後から指摘しても遅いんだよ、そのときにやれ名探偵。

サッと両サイドのロッカーに気を配る。室内には、それ以外にめぼしい調度はない。

あまり大きくはないけれど、小柄な人間ひとりくらいなら隠れられるだろう。

相手はすでにひとり殺している。それも、おそらく初対面の女子高生を短時間で躊躇(ちゅうちょ)

なく殺したうえに首を切り落として逆さに吊るすような真性のサイコパスだ。そういう、既に覚悟が決まっちゃっているヤツにいきなり襲い掛かられると、普通の人間はひとたまりもない。もし、今も犯人がこの部屋のどこかで息を殺してわたしたちの会話に耳をそばだてていたとしたら、間違いなく、わたしたちを消しにくるだろう。そうなったらそうなったでスピード解決ではあるし、多対一ならそこまで不利な状況でもないけど、箸より重いものどころか、箸すら持ち上げないような昇は戦闘要員としてはまったくカウントできないし、この女の人も未知数だ。いくら相手がひとりで小柄でも、一か八かで全力で掛かってこられたら、全員が無傷で済む可能性は低い。沙紀ちゃんの敵をとりたい気持ちは山々だけど、かといって、わたしが死んでしまっては元も子もないのだ。

そんなわけで、どこかから殺人鬼がバッ!! と跳び出してきてもすぐに対応できるように腰を落としたまま十秒が過ぎて、まあこれだけ待っても跳び出してこないなら、たぶん大丈夫だろうと、ちょっと力を抜く。一応ロッカーを端から順番にパカパカと開けて確認しつつ「なに? ちょっと、なんなの?」と、困惑を滲ませる女の人に「ふぅ、どうやら犯人がまだ室内に潜んでいるということはなさそうですね」と、説明する。

「いや、それならやっぱり、あなたが犯人なんじゃない?」

すこしは安心させてあげようかと、にこやかな笑顔までサービスしたのに、女の人は冷たい半眼をかえしてくる。だから、わたしは犯人じゃないって。マジで話の通じない人だなぁ。あ、ロッカーはすべて確認したけど、やっぱり誰も隠れてなかったです。

「一か所しかない出入り口にあなたが入った足跡しか残っていなくて、いま室内にあなたと死体があるわけだから、あなたがその死体をこの部屋に持ちこんだところだと解釈するのが妥当なんじゃありませんか？」

「あ〜、まあそうなりますね？」

うおっ⁉　そうなってしまうのか⁉　これはますます警察とか呼ばれちゃうとヤバい。めんどくさいことになりそう。さっさと解決してしまいたい。

「でも、わたしは犯人ではないので、誰か他に真犯人がいるんです。どういうトリックか分かりませんが、なにかをどうにかして足跡も残さずにここに沙紀ちゃんの死体を吊るしたのです。こんな不毛な言い争いで時間を浪費しても、そいつに利することにしかなりません。ここは協力して、速やかに真相を明らかにしようではありませんか」

どうにか説得しようと、わたしは言い方を工夫してみるんだけど、女の人は「いや真相がどうとか、そんなことは警察に任せればいいんじゃないかしら」と、にべもない。

「そんなわけにはいかないでしょう!! 友達が殺されたんですよ!! 警察なんかに任せてないで、自分で推理して、この手で真犯人を指摘しないとでしょう!!」

「馬鹿を言うんじゃありません!! 実際に人が死んでいるんですから、探偵ごっこなんかしている場合じゃないでしょう!! あなたが犯人なのであれ、そうでないのであれ、こういうのはとにかく警察に任せればいいのです!! 遊びじゃないんですよ!!」

「こっちだって遊びのつもりはないですよ!! 本気でやってます!!」

「いや、本気度の問題ではなく!!」

ええい、この分からず屋め!! やっぱり大人はダメだ、信用できない!! 四角四面に警察ケーサツって、そんなのは思考停止以外のなにものでもない!! 物事はもっと個別のケースに合わせて、臨機応変に柔軟に対応していかなければならないのですよ!!

「わたしも殺されたのが沙紀ちゃんでなければ、こんなのは警察に任せたいところですけどね!! なにしろ沙紀ちゃんなんだから、そういうわけにもいかないでしょ!!」

「いや、全然なに言っているのか分かりませんからね!?」

う〜ん、分からないかぁ〜。まあ、仕方ないっちゃ仕方ないけど、説明したところで分かってもらえるとも思えないしなぁ。勢いでどうにかならないかと考えたんだけど、ちょっと無理みたい。見かけに依らず強情な人だ。あ、そういえば見た目の描写とか全然してなかったんだけど、わりと若いめの幸薄そうな顔つきで、パワーで圧せばなんとかなりそうな気配がそこはかとなくなくもなかったんですよ。若いっていっても大人なのは大人だし、学校にいるんだから、たぶんなんらかの先生なんだと思うけど、なにしろわたしはまだ担任くらいしかマトモに把握してないから（担任すらマトモに把握してないから）よく分からない。え？　たぶん先生だよね？

「ところで、わたしは入学したばっかりで学校関係者をあまり把握できていないので、あなたがこの学校の関係者なのか、勝手に学校の敷地内に入り込んでいる不審人物なのかを区別できないのですが、どこのどちら様でしょうか？」

試しに訊いてみると、女の人は意外と素直に「わたしは美術教師の麻生です」と名乗る。身分証明書の提示などがあるわけでもなし、それだけでこの人が勝手に学校に入り込んでいる不審人物である可能性を完全に排除することはできないのだけど、感覚的には本当だろうなって感じ。なにもかもは疑っていられないので、ここは、この人は麻生という美術教師なのだということで仮に納得しておくとしましょう。オーケイ？

逆に「あなたは？」と、訊ねられたので、わたしも素直に「普通科の新入生の神野羊子です」と、自己紹介をする。昇は人見知りなので「ども」と、曖昧に会釈だけする。

「で、この首なし死体は特進科の新入生の蓮見沙紀ちゃんです。ご存知ですか？」

「いいえ、わたしは教師とはいっても非常勤で担任を持ってないから、入学式にも参列してないし、新入生はまだ顔も見てないから知らないわ。今日は事務仕事のために出てきただけで」と、幸薄そうな女の人改め、美術教師の麻生先生（仮）は、頭を横に振る。

続けて「神野さんは、ここで蓮見さんが殺されているのを発見したわけですね？」と、腕を組み、首をかるく傾けて質問してくる。

「そうです。一緒に帰ろうと思ったら沙紀ちゃんが見当たらなくて連絡もつかないから、心配になって学校中を探して、それでここで殺されているのを発見したのです」

「入り口の扉を蹴り破って？」

「はい、入り口の扉を蹴り破って」

「どうして、扉を蹴り破ったのですか？　いくら友達を心配して探していたからといって、普通、鍵の掛かっている扉を外から蹴り破ったりします？」

「え？　そりゃわたしだって、普段から無暗やたらとポコポコ気安く扉を蹴り破ってまわっているわけじゃないですけど、ことが殺人事件となれば、こんなヘッポコの扉一枚くらいでガタガタ言っている場合じゃなくないですか？」

まさか、ここで扉を蹴破った不行儀を怒られるとは思わないよね？　アレがダメ、コレがダメって、教師って生き物はどうしてこうなのか。そんなの、状況に依るでしょ。

「いや、それだと因果が逆転しているじゃないですか。あなたは、この扉を蹴破った結果として死体を発見したのですよね？　扉を蹴破るまでは、ここに死体があるということを知らなかったはずなのに、わざわざ扉を蹴破るなんておかしいでしょう。だって、扉が閉まっていたら、その中に死体があるなんて分かりっこないじゃありませんか」

あれ？　なんかいつの間にか探偵役が入れ替わってますね？　しかも、わりと筋も悪くない。確かに、そこは違和感を抱く部分ではあるよね。これも説明が難しいんだけど。

普通はちょっとの時間、友達の行方が分からなくなったからといって、わたしみたいにしつこく探し回ったりはしないだろう。先に帰ったのかな？　と、考えるくらいで、ひょっとしてどこかで殺されているのかも⁉　とまでは思わないものだ。一般的な人の日常というのは、そこまで際限のない悪意に満ちたものではない。

わたしが最悪の状況まで想定してあちこち探し回っていたのは、たんに「沙紀ちゃんならそういうことも十分にあり得る」ということを、経験的に知っていたからなんだけど、この「沙紀ちゃんならそういうことも十分にあり得る」という危機感は、なかなか他人には理解してもらえないだろうとは思う。でも、現に世の中にはそういう子も実在するのだ。圧倒的な引き寄せ体質という、特異な子が。

「そんな不可解な状況を想定するよりは、あなたが扉を蹴り破ってここに死体を持ちこんだと考えたほうが、今の状況をすっきりシンプルに理解できると思うのだけど」

そう言って、真犯人を指摘する探偵よろしく、麻生先生はフフンとわたしに指を向ける。うーん、それが本当に当たっていたらよかったんだけど、どうやらそれは真相ではない。すっきりシンプルな解釈が常に正しいとは限らないのだ。筋道の通った美しい物語は人の吟味を鈍らせる。理路が美しいときほど、より慎重に検証しなければならない。

「わーお。つまり、この今の密室状況を解明しない限りは、わたしが一番の容疑者になってしまうということですね。え〜っと、たしかにその理屈には納得できるんですけれど、わたしは犯人ではないので、それは困ります。ちょっと入り口の足跡を確認してみてもいいですか？　それがこの密室状況のキーになっているので」

犯人は扉から出入りしていない、というのが構成要件の一番重要な部分だから、まずはそこをしっかり確認しておかないと話にならない。自分の推理への自信の表れなのか、意外にも麻生先生は「どうぞ？」と、ちょっと脇に退いて外を見せてくれる。

「はい、そこまで。そこからでも見えたでしょう？」

「もう、別に走って逃げたりしませんってば。身元もバレちゃってるんだから、容疑を晴らさないことには、一時的にこの場から逃げ出したって意味はないんだし」

腕を横に伸ばして通せんぼをする麻生先生の脇から、わたしは外の地面を確認する。入り口のあたりは周囲の校舎群のせいで常に日陰になるらしく、雨が降ったわけでもないのにすこしぬかるんでいて、最高に足跡が残りやすいコンディションになっている。たしかによくよく見てみても、わたしと麻生先生の片道ぶんの足跡しかないようだ。ロープを通したり、どこかを懸垂で伝ったりしない限りは、地面に足跡を残さずにこの部屋に到達することはできないっぽい。

これはいわゆる雪密室のパターンですね。最後に雨が降ったのって、たしか三日前のはずだから、それ以降にこの部屋に来たのは今ここにいる人だけみたいだし、まだ誰も立ち去っていない。足跡が示している条件では、そういうことになる。

「ほら、やっぱりあなたが犯人なんじゃないですか」と、若干の呆れ顔で言う麻生先生に、わたしは「まあ、そう結論を急ぐものじゃないですよ」と、返事をする。

「そもそも、犯人はどうしてわざわざこんな密室状況を作ったのでしょうね？」

冷静っぽく言ってみたものの、実はなにか考えがあるわけでもなく、ただの時間稼ぎだ。今のところ麻生先生はわたしとの会話に気が向いているみたいだから、このまま気を引き続ける必要がある。だってほら、警察を呼ばれると困っちゃうし。

「沙紀ちゃんは首なし死体になっちゃっているわけで、つまり完全な他殺体です。その場合、普通は密室なんて作る意味がないですよね。密室に意味があるのは、犯人が被害者の自殺に見せかけたい場合くらいだろうし」

他殺であることが明らかなら、現場が密室だったとしても警察はぜんぜん気にしない。分からないことがあったら怪しいやつを捕まえて締め上げて、直接どうやったのかを訊けばいいだけなのだ。あいつが怪しいけどアリバイが完璧だから～とか、侵入や脱出の経路が分からないから～くらいのことで、簡単に諦めてくれたりはしない。強気でめちゃくちゃ質問するし、強気でめちゃくちゃ質問されると大抵の人間はなにかボロを出してしまう。考えて分からないことは知っている人を探して訊けばいい、というのは、過度に自身の知性を頼りにするより、よっぽど知性的な態度であるとも言える。なので、犯人が警察の追及から逃れるためにトリックを弄して密室を作るなんてことは、普通はない。少なくとも殺人犯にとっては、あまり有効な手段とは言えない。

「さあ？　人殺しの考えることなんて分かりませんよ。こんな風に女の子を殺して首を切って逆さに吊るすなんて、きっと頭がおかしいんでしょう」

うん、麻生先生の言い分はごもっとも。犯人の頭がおかしいのは間違いないんだけど。

「神野、目的を見失うな。いま僕たちがすべきなのは、犯人を指摘することだ。事件のすべての真相を、推理のみによって詳らかにする必要なんかまったくない」

うしろから昇がそう言ってくるので、あ、昇も今のところはちょっと引っ掛かったんだな？　って思う。昇には既に犯人が分かっているのだ。でも、昇は飽くまで助手役だから、注意を促すだけで真犯人の指摘まではしない。それはわたしの役目だ。

まあでも、わたしも昇も持っている情報は同じなのだから、昇に見当がついているってことは、たぶん真相はわたしが考えているもので合っているのだろう。実のところ、これがひとつ目の引っ掛かりというわけではなく、もうツーストライク目なんだけど。

うん、昇の言う通り。犯人さえ分かってしまえば、分からないことは分からないままで置いておいても別にいい。密室の謎を解き明かす必要があるのは、それが犯人を特定することに結びつく場合だけだ。

なので、わたしは「それで、麻生先生が犯人なんですよね？」と、言ってみる。

これは探偵役のわたしがやらないといけないことだし、言うだけならタダなので。

「は？」

麻生先生は首を斜めにして、ポカーンとした顔でわたしを見返してくる。あ、そういう反応になっちゃいます？　まあいいか、もう言っちゃったものは仕方がない。

「ていうかわたし、この部屋に入る前から、もう既に決定的な証拠は摑んでいたんですよ。これなんですけど、分かります？」と、わたしはスカートのポケットから、ぷちっとエビフライを取り出して見せる。

麻生先生は一瞬だけ目を見開いたけど、エビフライを凝視して、またすぐに元のポカーンとした表情に戻り「で、そのヘヤゴムがなんなんですか？」と、訊いてくる。

あ、そういう感じね？　もとより確信はあったけど確証がなかったんですが、今ので スリーストライクだから、もうまずまず間違いないと思う。

「この、なんですか？」と、わたしはもう一度エビフライを掲げてみせる。

「だからそのヘヤゴムが、どう決定的な証拠だと言うんですか？」

わたしは昇を振り返って、顔の表情だけで「今の聞いたよね？」と、問いかける。昇も無言で頷いて「うん、聞いた」と、意志表示をする。

「なんなんですか、あなた。そのヘヤゴムひとつで、なにが分かったんです？」

腕を組んで憤慨を示す麻生先生に、わたしは手を開いて種明かしをする。

「これね、携帯ストラップ」

「携帯ストラップ……？」

「はい。わたしの携帯ストラップです、これ。沙紀ちゃんのヘヤゴムではなく」

このエビフライは沙紀ちゃんの誕生日にわたしがプレゼントしたヘヤゴムとお揃いなんだけど、わたしは括るほど髪が長くないから、同じ型の携帯ストラップを使っているのです。エビフライへヤゴムはエビフライのチャームに黒い輪ゴムがついているだけという身も蓋（ふた）もないデザインなので、輪ゴムがないとただのエビフライでしかない。

「これをヘヤゴムと認識できるのって、沙紀ちゃんの頭にこれがついているのを目にした人だけだと思うんですよね。麻生先生は入学式には出席してなくて、新入生はまだ顔も見たことがないはずなのに、おかしいですね？　どうしてこれがヘヤゴムだと？」

一息にわたしが言い切ると、麻生先生はすこし歯噛みをしたものの、すぐに平静を取り繕（つくろ）って「入学式の前にちょっとだけ見かけたのよ」と、答える。

「なにしろ、そんな特徴的なデザインなんだもの。すこし目にしただけで強く印象に残っていたとしても、なにも不思議ではないでしょう？」

まあそうよね。これくらいはそういう感じで、いくらでも言い逃れできちゃうよね。

そもそも、わたしも若干当てずっぽうで鎌をかけてみただけだし。たぶん当たったけど。

「まだ他にもあるんですよ。ほら、麻生先生さっき言ったじゃないですか？　こんな風に女の子を殺して首を切って逆さに吊るすなんて、きっと頭がおかしいんでしょうって。

でも、麻生先生がこの部屋に入ってきたタイミングって、わたしが沙紀ちゃんの死体を下ろした後でしたよね。逆さに吊るされているところは見てないはずなのに、どうしてそう思ったんですか？」

「そんな風に天井から紐がぶら下がっていて、その下に死体が倒れていれば、逆さに吊るされていた死体を下ろしたところだろうと考えるのは、妥当な推論でしょう」

うん、そうかもしれない。天井からぶら下がった紐の下で、血塗れの女子高生が首なし死体にボディプレスしているシーンに遭遇したことがないから確信は持てないけど、そういう風に推測するものなのかもしれない。逆さ、まで分かるかは微妙だけど。

「ていうかですね、麻生先生は扉さえ閉まっていれば、中に死体があることなんか分かりっこないって思っていたのかもしれないですけど、わりと外からでも分かっちゃうんですよ、そういうの。何故だか分かりませんか？」

わたしの質問に、麻生先生は本当に分からないという顔で応える。

「どうしてですか？　普通は分からないでしょう。中に死体があるかどうかなんて」

そうか〜、やっぱ分かんないか〜。でも、そこが分からないっていうのが、まず一番最初に怪しいなって思ったポイントなんだよね。

「あのね、人間の身体ってけっこう臭いんですよ。血とか体液とか脂とかそういうの」

人間の身体というのは、抽象的には臭い液体を薄皮で閉じ込めた水風船のようなもので、普段はふわふわフローラルでマーベラスにワンダフルな香りを振りまいている沙紀ちゃんの身体ですら、皮膚による密閉が破られると、とんでもなく臭い。こんな機密性もクソもないような木製の扉では防ぎようもないくらいに臭う。

「麻生先生、登場からここまで一言も、このひっどい臭いに言及してないですよね。たぶん、素で気付いてないんでしょ？　ずっと近くで臭いを嗅ぎ続けていたせいで、いま鼻がバカになっちゃってるんじゃないですか。だからこそ、扉に鍵を掛けた程度のことで見つからないだろうって安心しちゃったんですね。でも、自分が分からないからといって、他の人にも分からないはずだって考えるのは見通しが甘すぎます。人間って視覚だけで生きているわけじゃないし、他の五感も思っている以上に敏感ですから」

まあ、普通の人はちょっと異臭がしたくらいのことで、中に死体があるかも⁉ とまではは考えないだろうけど、それでもなんか臭いということは絶対に分かる。そういうこともあるかもしれないという前提で探していれば、ここまで濃い血の臭いは絶対に見過ごさないし、扉の向こうの死体だって容易に見つけることができる。嗅ぎ慣れている人間にとっては、人間の死体の臭いというのは実に特徴的で分かりやすい。

「犯人は沙紀ちゃんの首を切り落とすため、この臭いに鼻がすっかり慣れてしまうくらいに至近距離で長時間作業していた。だから、いま鼻がバカになっている麻生先生が沙紀ちゃんを殺した犯人です。はい、ＱＥＤ」

実のところ、まったくＱでもＥでもＤでもないんだけど、始めちゃった以上は勢いが大事です。こういうのは迷ったら負けなので、自信満々にバシッ‼ と言い切ってしまえばどうにかなる。「この密室状況はどう説明をつけるんですか？」ならない。

「それに仮に、足跡を残さずにこの部屋に出入りする方法があったのだとしても、わたしには女の子の死体を紐で天井から吊るすような腕力はありませんよ」

うーん、まだ粘るかぁ〜？　まあ確かに今のところ、わたしが麻生先生を怪しいと考える理由を並べているだけで、なにをどうやったのかみたいな部分はほったらかしのままだもんね。勝手に観念して自分で説明してくれれば、楽だったんだけどなぁ。

まだ判定は出ない？　じゃあ仕方がない、続けましょう。

状況を整理します。

第一発見者のわたしが蹴破った扉の外には、わたしの足跡しか残っていない。唯一の窓は内側から板で塞がれている。つまり、現場は密室状況である。沙紀ちゃんの死体は剝(は)がれた天井パネルの奥にある建物の構造鉄骨から虎紐で吊るされていて、なんらかの仕掛けを使わない限り非力な女性がやるのは難しそうだ。麻生先生はとくにパワーがあるタイプには見えないけれど、でもたぶん彼女が犯人で間違いない。

さて、麻生先生はいったいどうやって、侵入や脱出の痕跡も残さずに、この部屋の天井から沙紀ちゃんの死体を吊るしたのか？

では、シンキングタイム、スタート〜。

テケテケテンテケテンテン♪　テケテケテンテケテンテン♪

はい、終了〜☆　次のページでもう答え出ちゃいますからね。

「犯人が部屋から出た形跡がなく、室内に潜んでもいないのならば、犯人はそもそも部屋に立ち入っていないと考えるべきです！　というわけで正解は『二階の床板を外して鉄骨と沙紀ちゃんの足首を紐で結び、上から落としてまた床を戻した』です‼」

ババーンッ‼　と、効果音とフラッシュライトを背負いながら、わたしはキメ顔で麻生先生に指を突きつける。これなら、筋肉モリモリマッチョマンの変態でなくても沙紀ちゃんを逆さに吊るすことができるし、密室の謎も同時に解決できる。まあ、階段で二階まで死体を背負って上がるのもかなり大変だとは思うけど、そこはほら、人間って土壇場になれば結構なパワーを出すものだから、ね？

ちなみに、ババーンッ‼　っていう効果音がうしろでしたから、これが今回の正解で確定っぽい。どのタイミングで、どれくらい説明をつければ判定が出るのかは毎回わりと曖昧だから、どれだけ場数を踏んでも未だにドキドキしてしまう。密室トリックなんか、完全に適当に言ってみただけだったんだけど、意外と当たるもんだね。

で、背後を振り返ると「んん……？」と、呻き声をあげながら沙紀ちゃんが目を覚ましたところで、わたしは「沙紀ちゃぁあああん‼」と叫びながら、びょーんっ‼　と、とびついてガバッ‼　と抱きつく。うお〜‼　よかった‼　沙紀ちゃん生き返った‼

「わっ、びっくりした。よーちゃん、おはよう？」

沙紀ちゃんは寝起きみたいに目をショボショボとさせながら、反射行動って感じでわたしの身体を抱き留めてくれる。う〜ん、ふかふかでふわふわのウルトラフローラル。

あ〜、沙紀ちゃんだ〜よかった〜。

胸に顔を埋めるわたしの頭を、子供をあやすみたいに優しくリズミカルにポンポンと叩きながら、沙紀ちゃんが「あ〜、びっくりした。死んだかと思ったよ」と、息を吐く。

いや、死んでたんだよ。

「え？　なになに？　なんなの？　え？」

と、混乱しているのは麻生先生で、まあ、そういう反応になりますよね。別にそんな義理もないんだけど、このまんま放置っていうのもあまりに不親切な気もします。

なので「は？　なにがどうなったの？」と、これまでになく焦っている麻生先生に、わたしは「沙紀ちゃんを殺した犯人を、わたしが推理によって正しく指摘したので、沙紀ちゃんが生き返ったのです」と、いちおう説明してあげる。

「え、なんで？」

「そこはわたしにも分かりません」

リモコンの電源ボタンを押せばテレビが点くとか、カメラのシャッターを押せば写真が撮れるっていうのと同じように、沙紀ちゃんを殺した犯人をわたしが推理によって正しく指摘すると、正解の効果音が鳴って沙紀ちゃんが生き返るのだ。

なんで？　とか、どういう原理で？　っていうのは分からないけど、原理なんか知らなくても機能を使うことはできる。だから、わたしは沙紀ちゃんが殺されるたびに、こうして推理して犯人を指摘することで生き返らせているというわけなのです。

「は？　本当に？　手品とかどっきりとかトリックとかじゃなくて？　本当の本当に死んだ子が生き返ったわけ？　え？　マジで？」

「そうですね。そういうことになりますね」

いやまあ、わたしもそこのところは無茶苦茶だよな〜って思うんだけど、そうは言ってもそういうことになっているっぽいんだから、既に現実に起こってしまっていることに文句をつけてもどうなるものでもないし、意味は分かんないけど、沙紀ちゃんが生き返るならそれに越したことはない。

「あははは!!　あはははははははははははは〜〜〜!!」

突然、麻生先生が目を見開いて、ちょっと尋常じゃない感じで笑い出すからめちゃくちゃびっくりする。「生き返った！　生き返った!!　え？　すごい!!　本当に生き返ってる!!」と叫びながら、ピョンピョンと飛び跳ねて両腕をブンブンと上下させ、全身で歓(よろこ)びを表現している。え？　なにその豹変(ひょうへん)のしかた。普通に怖い。

「すごいね!!　切り離したはずの頭もちゃんとついてるし、さっきまでそこらじゅう血塗れだったのに、それもすっかり綺麗に消えてなくなってる!!」

そうなんだよね。なんかこの現象、生き返るっていうよりも、どちらかと言えば死んだことじたいが「なかったことになる」という感じで、だから、沙紀ちゃんから出た血も体液その他諸々も、沙紀ちゃんに由来するものは沙紀ちゃんが生き返るのと同時に完全に消え去る（というか、沙紀ちゃんの中に戻るっぽい）し、おかげさまで、血塗れになっていたわたしの制服も元通りの新品同様で、もう染みのひとつすらない。これが昇の言っていた「最終的に事件が解決しさえすればどうにかなる」の意味だ。

「歓びのパターンか。かなり適応力が高いタイプだな」と、軽く空気化していた昇が久しぶりに声を発する。あ、そういえば君、いたよね。

「だってさ!!」麻生先生はテンション高く叫ぶ。「これってもう、わたしの殺人を立証する証拠がなにもないってことだよね！　完全になかったことになったんだ!!　誰もわたしを捕まえられない！　なんの罪にもならない!!　だって、死んでないんだもの!!」

「う〜ん、即座にそこに思い至るとは、見かけに依らず、図太い人ですね」

　大抵の人は困惑したりビビったりするくらいで、すぐに状況を呑み込んでパッと発想を切り替えたりはできないものなんだけど、たまにこういう異常に状況に対する適応が早い人もいることはいる。で、実際のところどうなのかと言えば、まったくその通りで、こうして沙紀ちゃんが生き返っちゃった以上は、今さら警察を呼んだところでどうしようもないのだ。死体もないし、沙紀ちゃんの身体にはもはや怪我のひとつすらないわけで、これではそもそも立件のしようがない。

　まあ、このへんまでは発想としてもまだマトモなほうで、ちょっと切り替えの早い人ならすぐに思いつくことなんだけど、麻生先生はさらに「ていうことはさ!!　また殺せるってことじゃない!?」とか言い出すから、あまりにも邪悪すぎて頭がクラクラする。

「だって、そうでしょう？　わたしがまたその子を殺したとしても、どうせあなたは警察を呼ぶわけにはいかない。わたしを犯人として指摘することで、その子を生き返らせるしかない。生き返ったら、わたしの殺人はなかったことになる。その罪を裁くことは誰にもできない。またどころじゃない。なんどだって殺せる。なんど殺しても、その子は生き返ってすべてがなかったことになる!!」

麻生先生のテンションは爆上がりし続けていて、留まるところを知らないようだ。

「よかった〜!!　綺麗な女の子を絞め殺すのって、思っていた以上に最高の体験だったけれど、絞め殺すのは綺麗な女の子ひとりにつき一度しかできないっていうところだけが難点だったのよね!!　でも、生き返るのならなんどでもまた絞め殺せるじゃない!?　すごい!!　最高だわ!!　あの最高の体験が、これからまたなんどでも味わえる!!」

は？　ヤバいヤバい。本当に怖い、なんなのこの人？　真性の快楽殺人鬼じゃん。こんな人が教員やっていていいの？　日本の教育制度、大丈夫？　って、さすがのわたしもドン引きしながら、ギュッと沙紀ちゃんの身体を抱き寄せる。

「あ、そうか！　血が綺麗に消え去ってるってことは、シリコンに沈めた頭部も今はもう消え去ってるってことよね？　あ、すごい!!　どうやれば綺麗に型抜きできるか、ものすごく頭を悩ませていたんだけど、簡単な話じゃない。生き返れば元に戻って、切り離された部分が消え去るのなら、ただ沈めておくだけでいいのよ!!」

え？　シリコン？　なに？　ちょっとマジでなにを言っているのか分からない。

「ああ、でも生き返ったときに胴体のほうに復元されてしまうのなら、頭はいいとして身体のほうはどう型抜きするか工夫が必要ね。もっと細かく解体した場合は、どこを起点に復元されるのかしら？　もうちょっと検証が必要かもしれないわ……」

周りのことなんか目に入ってないみたいに、ひとりでブツブツ言ってる麻生先生（こわい）を横目に、昇がボソッと「なるほど、それで血抜きか」と、呟く。

え？　ひょっとして、そういうことなの？　今回の犯行の動機って、そういうやつ⁇

「すいません、テンション爆アゲのところ非常に申し訳ないんですけれど、もうちょっと質問させて頂いてもよろしいですかね？」

ふと思いついてしまったことがあったので、わたしは麻生先生に訊いてみる。

「え？　なになに？　いいわよ、なんでも教えてあげる。だって、もうなにを言ったところで立証のしようもないわけだし。ありもしない妄想を喋っているのと同じだもの」

「どうして沙紀ちゃんの首を切り落としたんです？」

「あ、それはね」と、麻生先生は目を見開いたまま、超にこやかな笑顔（こわい）で、はきはきとした口調で答える。「デスマスクを作っておこうと思って」

「だって、ものすごく綺麗だったから。でもほら、わたしはあまりにもその子が綺麗だったから、ちょっと触ってみたいな～って思っただけだったんだけど、なんかすごい抵抗とかするから勢い余って殺しちゃったじゃない？　あ〜もったいないことしちゃったな〜って感じだったんだけど、でもやっぱり人間、後悔なんかしてても仕方がないし。やっちゃったことはやっちゃったこととして、そこから何ができるのか、物事は前向きに考えていかないといけないもの。だから、とりあえずはその綺麗な顔だけでも型にとってデスマスクとして残しておこうかな〜って」

なにその無駄にポジティブな姿勢。めっちゃ迷惑。

「は〜なるほど。そういえば麻生先生は美術の教師でしたね。そういう、型をとる道具とかも最初から持っていたわけですね？」

「そうそう。剝離剤を薄く塗ったあとで、枠にシリコンを流してね。それで雌型を取ってから、さらにそこに石膏とかを流すわけ。この旧部室棟って今は基本的に使われてないから、準備室に入りきらない道具とかを仕舞うのに、二階の一部屋を倉庫代わりに使わせてもらってて……」

「ふむ。それがこの真上の部屋ですか。そこで首を切って、頭部は型を取るためにシリコンに沈めつつ、身体のほうは床板を外して足首を鉄骨に紐で括りつけ、うえから落としてこの部屋に逆さ吊りにしたわけですね。麻生先生は、別に不可解な密室状況を作ろうとしたわけではなく、ただ死体を逆さに吊りたかった」

「ええ、そうね」と、麻生先生は頷く。

「血抜きのために……？」と、わたしは訊く。

「そう、ご明察。もちろん顔だけじゃなくて、身体も大変に素晴らしく綺麗だったから型に取りたかったんだけど、いくらなんでも人間の身体をまるごとひとつ型に取れるような枠なんか持ってないし、シリコンも足りないしね。だからそれはまた後で調達することにして、とりあえず早急に血抜きだけはしておきたかったのよ。液が漏れるとうまく型が取れないし、腐敗の進行も早くなってしまうし」

なるほど。型を取るために沙紀ちゃんを殺したわけではなく、うっかり殺しちゃったから、どうせなら型をとっておこうってことみたいだから、犯行の動機と言ってしまうとまたちょっと違うかもだけど、殺すだけじゃなくて首を切って死体を逆さに吊ったのはそういう事情らしい。やっぱり、よく分からない状況の背後には、よく分からない動機が隠れているもののようだ。

「そうですか、分かりました」と、わたしは手をスッと伸ばし、麻生先生の背後を指し示す。「もう行って頂いていいですよ。丁度きたみたいですし」

「え？　行くってなに？　どこに？」

上機嫌そうな笑顔のまま、麻生先生はわたしの指のしめす先を追って背後を振り返る。

麻生先生のうしろ、背中にぴったりと密着するくらいの超至近距離に、いつの間にか真っ黒い小さな人影が音もなく出現している。

「お迎えです」

わたしはそれについて、端的に説明する。

それは全身がタールのような、どろどろの真っ黒い液体にまみれた（たぶん）少女で、でも、なにしろ全身がどろどろの黒い液体に覆われているから、全体的に曖昧（あいまい）でなにがなんなのかよく分からない。俯（うつむ）けた顔（らしき部分）にも、どろどろの長い髪の毛（のようなもの）がへばりついていて表情は窺（うかが）えないし、意味のとれる言葉も発しない。

ひざ丈くらいのワンピースかなにかを着ているようにも見えるし、たんにどろどろの液体が滴ってそう見えているだけかもしれない。腕を交差させた状態で、そのうえから鎖でグルグル巻きにされているようにも見えるけれど、それも気のせいかもしれない。

あまりにもすべてが黒すぎて、足元に広がっている黒い丸がタール状の液体が溜まったものなのか、それとも暗い穴が開いているのか、それすらも見分けがつかない。

「なにこれ?」

「分かりません」

麻生先生の質問に、わたしは返事をする。

「でもたぶん、たとえあなたが殺した人間が生き返ったとしても、殺した罪そのものは消えてなくなってくれたりはしないということなのだと思います」

これがなんなのかは、わたしにも分からない。名前も知らない。けれど、間違いなく質量を伴(ともな)った実体として現実に存在していて、たとえば、わたしの目に見えているだけの幻覚や、空虚な霊体といったものではない。

沙紀ちゃんが生き返るのと根を同じくする一連の現象なのか、それとも、また別の存在なのか、それすらも分かっていない。でも、とにかくわたしが推理で犯人を正しく指摘して沙紀ちゃんが生き返ると、最後にこれがくる。取り立てにやってくる。だから、まったく関係がないということはないと思う。

そして、決して善いものではない。

これは無辜(むこ)の犠牲者を無償で生き返らせてくれる神の奇跡ではないし、法が裁けない悪を討ち滅ぼしてくれる闇の正義(ダークヒーロー)の味方でもない。

悪魔なのか妖怪なのか、悪鬼や亡者の類なのか。詳しいことはなにも知らないけれど、とにかくなんらかの超常的な存在で、それも邪とか闇とかに属するなにか。

「え？」と、間抜けな呟きを空間に残して、麻生先生の身体がぐらりと傾ぐ。

黒い少女は身動きひとつしていない。ただ顔を俯けて佇んでいるだけだ。その黒い少女の足元の影のような穴のような、地面に広がった黒い丸の部分から、枝のような、触手のような、なんなのかよく分からない細長いものがすごいスピードで伸びてきて、麻生先生の脛のあたりをバクンッ!! と、むしり取ってしまったのだ。

「なによ、これ？」

ゆっくりと傾きながら、こちらを振り返った麻生先生の顔も、次の瞬間には黒い細長いよく分からないものにバキバキッ!! と、削り取られて消えてなくなる。

バキバキッ!! グシャグシャッ!! と、ものすごい音をたてながら、ものの数秒で麻生先生の身体が、身体だけでなく存在そのものが、この世界から削ぎ取られてしまう。

ぐごおおおおおおおおおおおおっ!!

ぐごごごごおおおおおおおおおおおおおっ!!

黒い少女から、地を揺るがすような唸り声がする。明らかに、その小さな身体の容量から響くような音ではなく、深い深い大きな洞窟の底から吹き上げてくる風のような、低い低い重苦しい音だ。少女はなにか言葉を発しようとしているようにも見えるけれど、口にも黒いどろどろが詰まっていてうまく開くことができないのか、それは唸り声以上の意味のあるものにはならない。

けれど、それがなにを訴える声なのかは、わたしにも分かる。

苦悶。

なにによるものなのか、誰のせいなのかは分からないけれど、黒い少女はとてつもなく大きな痛みを受けていて、受け続けていて、それは麻生先生の身体をバキバキと完全に喰らい尽くしても、すこしも癒えることはないらしい。あるいは、喰らうという行為そのものが苦痛を伴うことで、だから悲鳴をあげているのかもしれない。

沙紀ちゃんがわたしの身体にまわした腕にキュッと力を込めてきて、わたしもギュッと沙紀ちゃんを抱き締める。この黒いよく分からないなにかは、わたしが犯人として指摘した人間だけを削り、わたしたちに直接害を為してくることはない。それは経験的に知ってはいるけれど、なんど見ても、どれだけ繰り返しても、この黒いなにかに慣れるということは決してないし、絶対に慣れてしまっていいものじゃないと思う。

恐ろしい。

黒い少女は、機会さえあればわたしも昇も沙紀ちゃんも、周囲のすべてを喰らい尽くそうとしているかのようで、とてつもなく恐ろしい。

前回は大丈夫だったから今回もきっと大丈夫だろうなんて、とてもじゃないけど思えない。これはきっと、いつわたしたちに牙を剝いたとしてもおかしくない危険なものだ。

やがて、麻生先生の身体を削りきった、枝のような触手のような、うねうねと細長いなにかよく分からないものが、黒い少女の身体さえも絡めとり、足元の黒い丸の中へと引き摺り込んでいく。黒い少女はイヤイヤをするようにグネグネと身を捩り、さらに大きな声で唸る。この黒い少女が触手を操っているのではないのかもしれない。ひょっとすると、あの細長いなにかと黒い少女も、また別の存在なのかもしれない。

ぐおおおおおおおおおおおおおおお!!

ぐっごおおおおおおおおおおおおおおおおおおお!!

最後にひときわ大きな咆哮をあげ、少女は頭のてっぺんまで黒い丸の中に沈み込む。

黒い丸はきゅぽんっ!!　と、急激に小さく縮み、跡形もなく消えてしまう。

黒いなにかが部屋から去って、たっぷり三秒が経過してから、わたしはようやくふ〜

っと大きく息を吐く。息を吐いたことで、自分がずっと息を止めていたことに気付く。

沙紀ちゃんの顔を見て、なるべくふわっとした感じで微笑みかけてみる。

これで本当にぜんぶ終わり。理不尽で不条理な邪悪や、法が裁けない罪は、黒いなんだかよく分からないものが、ここではないどこか別の場所に持っていってしまう。

「あ〜、よし。今回もなんとか無事に終わったな〜」

昇が相変わらずののんびりとした口調で呟いて、大きく伸びをする。それがきっかけになったみたいに、部屋の中の止まっていた時間が動き出した気がする。

「うわ〜マジで怖かった〜。なんなのあの人マジで殺されちゃうかと思った〜」と、わたしは改めて沙紀ちゃんにギュ〜って強く抱きつく。う〜ん、役得役得。

「わたし、また殺されてたんだね。そこまで危ない人には見えなかったんだけど」

そう呟いて、沙紀ちゃんはやんわりとわたしを引っぺがしながら立ち上がる。

「ホームルームが終わってトイレに行こうと思ったら、一年生のフロアのところがすごく混んでて、別のトイレを探してたんだよね。それで、たまたま会ったさっきの人に場所を訊いたら、変なところに案内されて」

なるほど。人間の死体を二階にあげるのは大変だけど、自分で歩いてついてきてくれれば話は簡単だ。ということは、殺害現場はここの真上の部屋で、麻生先生はたんに床を外して沙紀ちゃんを穴に落としただけなのだろう。それなら非力な女性にも、この奇妙な密室状況を作ることはできる。

「ごめん、よーちゃん。また迷惑をかけちゃったね」と、沙紀ちゃんが謝るから、わたしは「いや、これは別に沙紀ちゃんのせいじゃないでしょ。沙紀ちゃんが綺麗だからっていう、ただそれだけの理由でいきなり殺してきたあの人が一方的に悪いだけに決まってるじゃん」と、ちょっと食い気味に答える。

「まあ、そりゃそうなんだけどさ」と、頼みもしないのに昇が横から口を挟んでくる。

「殺人は絶対に、殺したやつが悪い。でも、誰が悪いとか誰のせいとかそういう話じゃなく、できれば最初から殺されないのが一番いい。今回もなんとか蓮見を生き返らせることはできたけど、次もまた同じようにできるとは限らないんだから」

そこは、昇の言う通りだ。わたしと昇は、これまでなんども沙紀ちゃんが殺されているところに遭遇してきたし、そのたびに推理して犯人を指摘して生き返らせてきた。沙紀ちゃんを殺した凶悪な犯人たちはみんな、あの黒いなんだかよく分からないものに削り取られて消えてしまった。

けれど、次もわたしがちゃんと正しく犯人を指摘できるかなんて分からないし、実のところ、本当に「わたしが犯人を指摘すると沙紀ちゃんが生き返る」という理解で正しいのかすら定かではないのだ。誰も説明してはくれないし、もしも沙紀ちゃんが生き返れなかったら取り返しがつかないから、下手にアレンジを加えることもできない。

この現象のトリガーは沙紀ちゃんが誰かに殺されることにあるのか、それとも、わたしが推理して犯人を指摘するというところにあるのか、あるいは全然関係のないなにかが要因となっているのか、それさえも分からない。対照実験をしてみるわけにもいかないから、メカニズムはまったくの謎のままだ。

わたしと昇はただの偶然で、この現象を知ることができただけだ。そのときに、たまたまわたしが探偵役をしてしまったものだから、よっぽど探偵向きなたちの昇を差し置いて、わたしが探偵役を継続する羽目になってしまっている。なにも分からないまま、祈るような気持ちで、愚直に同じ手順を繰り返すしかない。そんな頼りないものでしかないのだから、最初から殺されないほうがいいのは確かだ。

沙紀ちゃんはこれまでだってなんども同じような酷い目に遭ってきたのに、どうしてまた、こんな怪しい場所にホイホイ連れ込まれちゃうんだろう？　って、わたしもまったく思わないわけでもない。でも、人を信じられるというのは本来は美徳のひとつのはずで、責められるべきことではないはずだ。

「殺人は絶対に、殺したやつが一方的に悪い。でももだってもないよ」と、わたしはもう一度、言う。はっきりと断言する。

昇の横槍はスルッと完全にスルーして、沙紀ちゃんが「そうだね……そうかも。ありがとう、よーちゃん」と、ふわっと柔らかく笑うから、わたしも努めて明るい声で「そうだよ」とこたえる。確信を込めて、言い切る。

綺麗だからとか、度を超して美しいものが存在しているということが、沙紀ちゃんのような奇跡みたいな女の子が実在しているという、そのことじたいが、時に人を狂わせてしまうのは事実としてあるとは思うけれど、でもそれはやっぱり狂った人が狂っていたというだけのことで、ただ綺麗に生まれてきてしまっただけのものに、美しくあるべくして美しくあるだけのものに、なにかの罪があるわけではないのだ、絶対に。

あの黒いよく分からないものがなんなのか、どこからきたのか、なにを目的にしているのか、どうしてわたしが犯人を指摘すると沙紀ちゃんが生き返るのか、削られた人はどこに行くのか。そういうことはなにも分からないし、知りたいとも思わない。

わたしは真実なんてほしくない。

わたしたちが暮らしている日常のすぐ隣には、笑顔の一枚下に狂気を隠した快楽殺人鬼や、それさえも問答無用で削り取ってしまう真っ黒な、なんなのかもまったく知れないよく分からないものが蠢いていて、そういうわけの分からないものものまとめて柔らかな薄皮で包み込んで、平穏な生活というのが奇跡的に成立している。

一枚剝がしたその先に、どんな地獄が拡がっているのかなんて、気安く知ろうとするべきではない。なにもかもを知ろうとすることは、たぶん危険だ。

下手に首を突っ込めば、一瞬にして、あの黒いよく分からないなにかにバキバキと削り取られてしまうだろう。

だからわたしは分をわきまえて、分からないことは分からないままに捨て置いて、ちょっとした密室トリックの真相とか、異常な犯人の異常な動機とか、そういう現実的に解釈可能なつまらない真実を拾い上げるだけにしておく。

「結局お昼ごはんも食べ損ねたし、もう結構いい時間じゃん。お腹空いたなぁ」

息をついてそう呻くわたしに「じゃあせっかくだから、駅前でドーナツでも食べていこう」と、笑顔を見せて沙紀ちゃんが言う。「今日はわたしがおごるから」

「え？　ほんとに？　やったー!!」

「だって、せっかくの入学式だし。もっとお祝いっぽく明るくいきたいよね？」

「まあね。終わったことは終わったことだから、切り替えていかないと」

「じゃ、決まりね。ほら、行こう？」と、沙紀ちゃんがわたしの手を引く。

この世界はわたしには分からないことだらけだけど、こうして握った沙紀ちゃんの手の柔らかさと温かさは確からしく感じられるから、わたしはそこで満足する。

たとえこの平穏な日常が、ちょっと踏み抜いたらあっという間に地獄に落っこちてしまうような薄氷の上にぎりぎり成立している幻のようなものだとしても、わたしはそこで、上手に華麗に軽やかなステップで踊ってみせよう。

だって春だし、高校生なのだから。

春で、十五歳で、高校生なわたしたちは最高に無敵で、その勢いと輝かしさの前ではどんな悪意も呪いも塩の柱となって吹き飛んでしまうはずで、世界はこれからどんどんハッピーになっていくのだから、きっとそうあるべきなのだから。

頭のおかしい殺人鬼とか、黒いどろどろのなんだかよく分からないようなものなんかに、そう簡単に負けてなんかいられないのだ。

# 幕間1

## 沙紀ちゃんのこと

わたしは沙紀ちゃんのことが好きなので、沙紀ちゃんの話をするね。

実はそんなに背は高くないんだよね。でも頭がめちゃくちゃ小さくて九頭身くらいあるから、写真で見ると実際の身長よりも大きく見えちゃう感じ。顔はかわいいっていうよりも圧倒的な綺麗系で、ていうか綺麗じゃぜんぜん足りなくて、むしろ美しいと言っちゃったほうがまだしも近い気がする。大仰だから、普段の生活だとなかなか使わないけどね、美しいとか。まあアレよ。想像を絶するレベルで凄まじい美人さんなのね。なにはなくとも、そこのところはまず把握しておいてほしいわけ。オーケイ？

わたしと沙紀ちゃんの関係性について簡潔に言い表すなら、幼馴染って語を充てるのが一番適切かな。家がすぐ近くで、本当に赤ちゃんの頃から一緒に遊んでいるからね。そんじょそこいらの一般的なお友達とは魂のランクが違うわけですよ。

うちの近所は、いちおう住所てきにはそこそこ大きな市に属しているんだけど、感覚的には村って言ったほうがいいくらいの辺鄙(へんぴ)なところにある寂れた集落で、地域には同じくらいの年代の子供が少なかったから、必然的に一緒に遊ぶようになったのね。

物心がついた頃には既に沙紀ちゃんがいたから、最初がどういう感じだったのか、自分でも全然覚えてないいんだけど。なんか不思議だったなぁ。

なんかね、本当に小さい頃はそんなに気にならなかったんだけど、ほらだって赤ちゃんなんか誰でもめちゃくちゃかわいいもんじゃない？　わたしもね、たぶんかわいかったと思うよ。それに幼児って、まだそこまで人の顔も詳細に区別してないし。

物心つく前の子供の世界って、わりとすべてが抽象的だから、沙紀ちゃんはお友達、みたいな認識をしてて、存在にお友達っていう語を充てるとお友達って感じになるのね。概念の理解が先にあって、そこに言葉が当てはめられるんじゃなくて、お友達って語によって規定されることで初めて認識できるみたいな。分かんない？　まあいいや。今の話はそんなに重要ではないので分かんなくても大丈夫です。分かんなかったらすぐに質問してねっていうスタンスもそれはそれで一理あるんだけど、そのうち分かるかもしれないから分かんないところは分かんないまま置いといて、とりあえずそのまま話を先に進めようっていう姿勢もそこそこ大事なわけ。オーケイ？

小学二年生くらいの頃には、もう完成してたかなぁ今の感じ。頭が小さくて顔がめちゃくちゃ綺麗でスッと姿勢が良くてさ。髪も色素が薄くてサラサラのふわふわで、なんか全体的に光のヴェールを纏（まと）ってるみたいに輝いて見えて。

うん。その頃の感覚を素直に表現すると、不思議っていうのがかなり近い。子供ってお友達を同じものって認識してるんだよね、最初は。自分と同じものが他にも存在していて、それは自分と同じなんだけど別の存在で、自分の意志とは関係なく勝手に動いて、自分の自由にならない、同じだけど違うもの。それがお友達なんだなって。

でもさ、違うじゃん？　もうあからさまに違うわけ。だって肌白いし、すごいすべすべしてるし、手足もにょろんと長いし。あれ？　同じものだと思ってたけど、この子はわたしとはまったく別のものだな？　って。それがなんか不思議だったんだよね。

よく沙紀ちゃんの顔をジーッと見ていたのを、なんとなく覚えている。サンバイザーみたいにしっかりとした長くて密度の濃い睫毛とか、その奥のすこしアンバー系の色が入ったきらきらの宝石みたいな瞳とか、まだ子供らしくぷっくりとしてはいても、どこかシャープな印象を与える頬から顎にかけてのラインとか。

今でも画像フォルダから呼び出すみたいに鮮明に思い描くことができるから、映像が脳に焼き付くくらいにジーッと見つめてたんだと思う。

たしかに目はふたつだし、鼻と口はひとつだし、個別の要素を抜き出してみると同じ種類の生き物っぽいんだけど、全体的に見たときの印象が自分とは違い過ぎていて、これは誤差の範囲と考えていいのか、それともやっぱり別の生き物なのかとか、あるいは沙紀ちゃんは一歩先に別のものになってしまったけれど、わたしもこれから同じようなものに変わっていくのだろうかとか、そんなことを考えていたんじゃないかな。

結論から言えば、わたしはそんなに変わんなかったよね。小さい頃の写真を見ても、今とそんなに大差ない。この子がこのまま成長したら、こういう顔になるんだろうな〜みたいな妥当な顔をしています。まあ、わたしの顔はいいんだよ。そんなに悪くないとは思うけど、わりとそこそこ止まりではあるよね。

自己評価としては顔面偏差値48って感じなんだけど、任意の好みの顔でレンダリングしてくれても別に話の大筋には影響しないので、好きにしてください。

昇にも、沙紀ちゃんはなんかわたしたちとは違うよね？　という話をしたんだけど、昇はなに言ってんのか分かんないみたいな顔で首を傾げてたっけ。あ、なんかだんだん思い出してきた。ちょっと待ってね、今なんらかのワンシーンが見えたから。

まだ小さかった頃の昇は、同い年のはずなのにかなり身体が小さくて、顔もかわいい系だったからパッと見は女の子みたいだったんだよね。髪の毛も肩にかかるくらいに長くて、サイズの合ってないダボダボのハーフパンツもなんだかスカートみたいだし、そこから伸びた棒っきれみたいに真っ直ぐな細い足も、ぜんぜん男の子っぽくないし。本来は烏（からす）の濡れ羽みたいに艶のある深い黒のはずの髪のふちがオレンジ色に輝いているから、これはたぶん、秋の夕暮れどきの一場面だ。

「だってほら、沙紀ちゃんってすごく綺麗だし」

首を傾げたまま、昇がそれ以上の反応を見せないから、わたしは重ねて言っている。

「よーちゃんだって、綺麗だよ」

昇は手に持ったゴムボールをばむばむと地面にバウンドさせながら、そう応じる。

「なんかいい匂いもするし、それに、ちょっと光ってる気もする」

わたしは子供なりの語彙力（ごいりょく）を駆使して、自分の違和感を説明しようとしている。昇は顎に手を当てて、視線を空間に彷徨（さまよ）わせたあとで「光ってはいない」とだけ言う。

「でも絶対に同じじゃないよ。わたしとも昇ともなにか違うもの」と、わたしはまだ食い下がっている。「お友達じゃなくて、天使かなにかなのかも」

今から考えるとすごい発想なんだけど、たぶん当時はマジで比喩（ひゆ）とか婉曲（えんきょく）な褒め言葉とかじゃなく、本気で沙紀ちゃんは天使なんじゃないかって考えてたんだろうね。

「ふーん、そうかもね？」と、興味なさそうな顔で昇が言っている。「でも、沙紀ちゃんが天使だったとしても、それはよーちゃんが天使とお友達なだけで、沙紀ちゃんがお友達じゃないってことにはならないんじゃない？」

あ、なるほどね？　昇ってば子供のくせに、わりとまっとうなことを言うじゃんか。いや、わたしもいま思い出したんだけどさ。たしかに昇って、小さな頃からこういう理屈っぽい喋りかたをしていた気がする。

場所はいつも遊び場にしていた、近くの神社の境内（けいだい）だ。この頃のわたしたちの定番の遊びといえば、ボール遊びか縄跳びかフラフープだったんだけど、集落は山がちな地形で開けた場所が少ないから、ボール遊びができるようなところが限られている。神社は道路脇にひっそりとある石の鳥居をくぐって、長い急な石段をのぼった小高い丘のうえにあって、境内はわりと広くて他に人もいないから周りを気にせず好きに遊べた。

毎日のように、ここで日暮れまで遊ぶのが、わたしたちの日課だった。

そういえば、神社のくせに他には誰も人がいなかったんだよね。大人がいた記憶がないし、あまりちゃんと管理されていなかったのかも。境内や石段には落ち葉が層になって積もっていたから、ときどきは竹箒（たけぼうき）で掃除もしてたな。別に真面目だからとか、信仰心があったからとかじゃなくて、なんとなくここを自分たちの場所だと思ってたから。けっこう大事にしてたんだよ。いわゆる、子供たちの秘密基地てきなアレ。

なにしろ神社だから、お参りてきなこともしたかもしれない。子供だから、作法なんてなにも知らないんだけど、見様見真似で柏手をうってみたり。

境内は杉林に囲まれているんだけど、石段のある西側の斜面だけはパカッと開けていて、向こうの山の陰に沈んでいく夕陽と、赤く染まるわたしたちの小さな集落を見下ろすことができた。丘のうえには街灯のひとつもなくて、陽が沈んでしまえば完全な真っ暗闇になってしまうから、もうそろそろ帰らないといけない時間だ。

「よーちゃん、行こう」

呼ばれてそちらに顔を向けると、鳥居が四角く切り取った赤とオレンジのグラデーションを背景に、沙紀ちゃんが微笑んでいる。背後からの夕陽が、沙紀ちゃんの芸術的な身体の曲線を金色に縁どっていて、それがあまりにも綺麗で、綺麗すぎて、この世のものとはとても信じられない。やっぱり平凡なわたしとは違い、なにか偉大なものから特別な祝福を受けた存在なのだろうと思う。

「うん」

返事をして、わたしも駆けだす。沙紀ちゃんはわたしに背を向けて、一足先に長い長い石段のほうへと歩き始めている。わたしはその背中を追う。両手を前に伸ばす。

# 第2話　五月はさりげなダイイングメッセージ

へ〜こりゃすっごいリアルな死体だな〜クオリティ高いな〜まるで本当に死んでいるみたいだぁ〜って思ってよくよく見てみたらマジでリアルに死んでたからめちゃくちゃびっくりした。そりゃリアルなはずだわ、リアルに死体なんだもん。

「ええ⁉　沙紀ちゃん⁉」

思わず大声を出してしまったわたしに、昇が「神野、声が大きい」と、横から耳打ちしてくる。「他の人に気付かれると話がややこしくなる。静かに」

「あ、うん。そうだね」と返事をして、わたしも声のトーンを落とす。ラッキーなことに、教室内には結構な爆音で強い雷雨がトタン屋根を叩くザーッ‼（ゴロゴロ……ドドーンッ‼）という音が流れていて、わたしの声は誰の注意も引かなかったようだ。

そもそもびっくりしている場合じゃなかった。こういうのは慌ててもいいことなんかなにもないので、とにかく落ち着いて目の前の事象に対応して冷静にひとつずつ片付けていかないと、沙紀ちゃんがいきなり死んでいるのなんかそんなに珍しいことでもないし、こんな場面には今までだってなんども遭遇してきたのだからまずは落ち着いて、落ち着かないと、落ち着いてやっていけばやってやれないことなんか大抵なにもないんだから。うん、大丈夫。とにかく落ち着こうって、わたしがわたわたと右往左往している間に、昇は沙紀ちゃんの死体を冷静にいろいろと見分している。友達が死んでるっていうのに随分と落ち着いているな。それでも友達か？（？）

「どっちも不正解の人間力テストやめろよ」

と、溜め息をつく昇の、人を馬鹿にしたような表情が心底癪に障るんだけれども、まあいいか。目の前で友達が死んでいるっていうのに落ち着き払っているっていうのも友達としてどうかとは思うけれども、実際のところ慌てている場合ではないのだし、今は細かい態度にいちいち文句をつけている場合でもない。

「死因は頸部の圧迫による窒息死。扼殺だな」と、昇が所見を述べて、わたしは「ああ、よかった。今回も沙紀ちゃんは殺されたんだ」と、ひとまず胸をなでおろす。

いや、殺人であることが分かって胸をなでおろすっていうのもかなりおかしいんだけど、実際のところ、事故とか病死だったたっていうよりは誰かに殺されてくれていたほうが、たぶん状況てきにまだマシなほうなのだ。

誰かに殺されたのなら、まだ取り返しがつく可能性もある。

沙紀ちゃんは、わたしが推理して真犯人を指摘することで生き返る特異体質だからだ。

え？　なにその特異体質？　っていう疑問はごもっともだとわたしも思うんだけれど、今はそれはとりあえずさて置いて、そういうものなのだと把握してください。どういう理屈で？　っていう部分はわたしも知らないから、説明のしようがない。

ひょっとすると、たとえば事故死だったり病死だったりしても、その場合は事故や病気が犯人と言えなくもないわけだから、そういう風に真相を指摘する（犯人はインフルエンザです!!　とか？）ことでも生き返るのかもしれないけど、これまでに生き返りが確認できているのは「沙紀ちゃんが誰かに殺されて、わたしがその犯人を指摘した」場合だけだから、他のパターンはやってみないことには、どうなるのか分からない。生き返れるのは殺された場合に限られるのかもしれないし、そうじゃないのかもしれない。試しに死んでみようっていうわけにもいかないから、確認のしようがない。

「たぶん道具は使わずに、正面から手で首を絞めて殺してる」

「そんなことまで分かるの？　すごいね」

なにしろ踏んでいる場数が半端じゃないので、ただの一介の高校生に過ぎない昇も、今では他殺体のちょっとしたオーソリティだ。やっぱこういうのは場数よね。

「もちろんただの素人の見立てだから、確実にそうだと言い切れるわけじゃないけど。でも、紐を使うとその跡がもっとはっきりと残るから。あと、死後それほど時間も経過していない。身体が冷えて死斑も出始めているから、一時間くらいは経ってるけど、数時間は経ってないだろうな。ここまできちゃうと、もう普通の救命は間に合わない」

沙紀ちゃんは暗い教室の片隅で、椅子に座った状態でぐったりと首を俯けて死んでいて、前回みたいに判り易く首が切られてたり血がドバーッ!! と出てたりもしないから、こう言ってはなんだけどわりと綺麗な状態だ。この暗い環境に死体特有の血の気の失せた青白い肌と、ブラウスの白のコントラストが映えて、いっそ美しいくらいである。

もともとがどちゃくそ綺麗な子だから、綺麗に死んでいると死体もめちゃくちゃ綺麗で、死に意外と馴染んでしまっていて、あんまり怖いとか不気味とかいう気持ちにはならない。むしろ静謐(せいひつ)な雰囲気まであって、逆になにか神聖な、仏さまとかを見ているようなちょっと敬虔(けいけん)な気分がわいてきたりもする。

「ひょっとして神野のその連想は、蓮見のこの手のかたちのせいじゃないか？」

そう言って、昇が沙紀ちゃんの手を指し示す。沙紀ちゃんの手はダラリと膝の上に乗せられていて、その親指と薬指だけが曲がっている。ああ、言われてみれば、仏像とかがよくやっている謎のハンドサインに似ている気がする。

「なんだろう？　なにかのメッセージかな？」

「たまたまこういうかたちになっただけって可能性もあるけど、両手とも同じになっているのには、なにかの意図を感じる。ダイイングメッセージかもしれない」

ダイイングメッセージって、ミステリー小説では頻出のネタのわりに、今まさに死のうとしている被害者が最後の力を振り絞って真犯人につながるメッセージを残すってシチュエーションじたいが、現実ではちょっと考えにくいよね。でも、こと沙紀ちゃんに関して言えば、そういったメッセージを残している可能性は十分にある。なにしろ、普通の人は死んじゃったら死んだ後のことなんかどうなろうと知ったことではないだろうけれど、沙紀ちゃんはわたしが犯人を指摘すれば生き返れるのだ。本人も、自分が殺されてもわたしが犯人を指摘すれば生き返るということは知っている。なので、ダイイングメッセージを残すインセンティブが、普通の人に比べて非常に大きい。

これが、沙紀ちゃんがわたしに向けたなんらかのメッセージであるなら、わたしはなんとしてもそれを読み解いて、犯人を指摘しなければならない。オーケイ？

「えっと、犯人は仏教に関係する人とか？」

と、わたしはとりあえずパッと思いついたことを言ってみる。

「どうだろうな？　蓮見のクラスにはたしか寺生まれの子もいた覚えがあるけれど」

「あ、そうそう。わりと目立つタイプの子だよね。弓道部で背が高くてクールビューティーって感じの。名前は……なんていったかな？」

ウンウンと記憶の底を浚うわたしに、昇は「でも、仏様はたぶん違う」と言う。

「九品来迎印のなかには親指と薬指を曲げるのもあるとはいえ、けっこうマニアックな知識だから、それを蓮見が知っていたとは考えづらいし」

ああ、そうね。なにかのメッセージだったとしても、そもそも沙紀ちゃんが知らないことはメッセージとして残せるわけがないし、沙紀ちゃんにはその九品来迎印？（なに？）とかに詳しいっていう設定も特にない。それに、目的を果たすためにはわたしに読み取ってもらう必要があるわけだから、あんまり難しくしても意味がないわけで、たぶんわたしもそんなに捻って考えずに素直に簡単に受け取ったほうがいいのだろう。

「蓮見からのメッセージじゃなくて犯人がやったっていう可能性も排除はできないけど。指を曲げさせるくらいのことは、犯人にもすぐにできただろうし」

「うーん？　その場合はなんのために？」

首を曲げて頭の上にハテナを浮かべるわたしに、昇が眉根をあげる。

「さあ？　殺人犯の考えることなんて、それこそ推測してもまったく意味のないことだけど、無理矢理にでもなにか意味づけしようとするなら、たとえば見立てとか」

出た、見立て。それもミステリーでは頻繁に出てくるけど、現実には遭遇することがないパターンのひとつ。まあ、普通は殺人事件に遭遇するっていう経験じたいがそうそうあるものではないはずなんだけど。一体ぜんたい、わたしの日常はなんでこんな血なまぐさいことになってしまっているのか。

「犯人が仏像かなにかに見立てるために、指のかたちをそれっぽくしたってこと？」

「だから、分かんないって。そういうことも考えられるんじゃないかっていうだけの話だ。今の段階でこれを蓮見からのダイイングメッセージだと断定するのは危ういってこと。ダイイングメッセージが実際にはあまりうまく機能しない理由っていくつかあって、被害者が犯人を告発したメッセージだとは確定しにくいとか、それがたしかに被害者が残したもので犯人や第三者によって加工や偽装が施されていないとは確認しづらいとか。でも、それは今考えるべきことじゃない。まずは見れば分かること、調べれば確定できることを集めよう。推理なんか事実が勝手にしてくれる」

ああ、そうね。考えるのは一番最後。まずは調べて分かることを調べるのが先だ。推理なんか所詮は推理でしかないけれど、観察から得られた事実は事実だから、推理にくらべて圧倒的に強度が高い。推理よりもまずは観察。オーケイ？

「うーん、といっても見て分かるような手がかりはあんまりないな。着衣に乱れもないし、爪の間に目視できるような残留物もない。道具をなにも使わない扼殺って普通はけっこう難易度が高くて手間取るものなんだけど、かなり手際よくやってるな」

「普通は、首絞められたらめちゃくちゃに抵抗するもんね」

仮に自分が誰かに首を締められたらって想像してみると、まず相手の腕をとりにいくような気がするし、そこに全力で爪ぐらい立てるだろうって思う。抵抗したときに被害者の爪の間に挟まった皮膚片から犯人を特定するっていうのは、現実の犯罪捜査でも結構あるらしい。まあ、皮膚片が採取できたところで、わたしたちにそこから犯人を特定するような科学捜査の手段はないんだけど。

「たぶん、壁を背にして椅子に座っているっていう状況が犯人にすごく有利に働いたんだ。深く椅子に腰かけた状態だと力が入らないから抵抗しにくいし、犯人は立っているから体重をかけやすい。かけた体重も壁が支えてくれるから力が逃げないし」

「そのうえ役が役だから、直前まで危険を回避できないもんね。死んだふりしてないといけないから、実際に首を絞められるまで大人しくジッと待ってたのかも」

普通なら必要以上に他人が近づいてきた時点で警戒するし声を出したりもするかもしれないけど、自分が沙紀ちゃんと同じシチュエーションだったら、相当な確信が持てない限りは死んだふりを続けることを優先してしまうかもしれない。沙紀ちゃんみたいに変に真面目なタイプだとなおさらだ。

「犯人にしてみれば最高に扼殺しやすい状況が整っていたっていうわけだ」

「くそう!! 沙紀ちゃんの変にクソ真面目な性根につけこむ卑劣な犯人め!! 絶対に許せない!! 必ずこの手で捕まえてとっちめてやる!!」

「ああ、そうだな」

かたく拳を握りしめるわたしに対して、昇の反応は相変わらず冷ややかだ。ニヒリストを気取ってるのかなんなのか知らないけど、そういう共感性に乏(とぼ)しい態度はいかがなものかとちょっと思いますよわたしは。

「それにしても、いくらやりやすい状況が整っていたとはいえ、そこで迷いなく遂行できちゃうのはやっぱり異常だよなぁ。ヒョイと傘を盗むのとは訳がちがうんだから」

「いや、まあ分かるけど。傘も盗んじゃダメだよ」

昇の倫理観に若干の不安はあるけど、それは置いといて、人を殺そうと思ったとき、最も難しいのは密室トリックでもアリバイトリックでもなく、なによりも「人を殺す」という行為そのものだ。人っていうのは思っている以上になかなか死なない。

電車の乗り継ぎを工夫して十五分の時間を捻出できたとしても、ひとりの人間をたったの十五分で殺すというのは並大抵のことではない。クリスタル製の灰皿で頭を一撃殴った程度のことではそう簡単には人は死なないし、心臓を一突きにしても、素直に死んでくれるとは限らない。拳銃で頭を撃ち抜かれても生存した事例もある。どんな手の込んだトリックを駆使した殺人事件も被害者が生存してしまえば、あとは被害者に直接話を訊くだけでいいのだ。その時点ですべてが台無しになってしまう。

殺人なんか練習を積む方法もないわけで、大抵の人間にとってはぶっつけ本番の人生で初めての経験になるのだから、最初から迅速に確実に殺しきることのできる人間というのは、そうそういない。物理的にも、心理的にも、乗り越えなければならないハードルが無数にある。理屈上可能であるということと現実に可能であるというのは、そのままイコールで結べるようなものではないのだ。すべての不可能を消去して最後に残ったものであっても、到底あり得そうにないことは、だいたいあり得ない。

うう〜ん？　と、思案しているわたしに「神野、今はまだじっくり考えているような状況じゃない」と、昇が声を掛けてくる。「今なによりも考えないといけないのは、この死体をどうするかということだ」

「どうって？　撫でるか揉むかみたいな話？」

「どんな倫理観だよ。目下のところ、ここから移動させるか、ここに置いておくか」

「あ、そっか。ここはさすがにまずいか。いや？　逆にそうでもないのかな？」

沙紀ちゃんの死体はまだ殺されて間もないとはいえ、誰の目にもつかないようなところに隠されていたわけではなく、むしろ定期的に人通りのある場所に目を引くようなかたちで置かれていたことになる。それでも、わたしが気付くまで誰にも騒がれていなかったのは、この場においては沙紀ちゃんはもとから死体の役だからだ。

いま、わたしと昇がいるのは一年の特進科の教室だ。周囲はほとんど真っ暗で、わたしが持っている懐中電灯の明かりだけが頼りである。たぶん、嵐の夜の学校という設定なのだろう。教室内には、かなりの音量で激しい雷雨の音が鳴り響いているのだけれど、これはもちろんスピーカーから流れているだけの録音で、音響もそこまで手をかけているわけじゃないから全然リアリティはないし、わずかな隙間からも差し込んでくる午後の太陽の光がパワフルに全力で昼を主張しているから、いくら暗いとはいっても、どう頑張っても夜って感じではない。なんか夜には夜で夜に特有の雰囲気っていうのがあって、光を遮ったくらいのことでは、そう簡単にはなかなか出せないもんだよね。

まあ、チープといえばチープなんだけれども、それなりにアトラクションとしては成立しているし、わずかな準備期間ででっち上げたわりには結構いい線いってると思う。

早い話が今日は文化祭で、わたしと昇は特進クラスの出し物であるお化け屋敷に来ているのです。全国的には文化祭というと秋頃にやることが多いみたいだけれど、うちの高校は気の早いことに、なんと五月のゴールデンウィーク中にやってしまうのだ。

でも五月に文化祭となると一年にとっては本当についこの間入学したばかりって感じで、まだクラスメイトともお互いに間合いを測りあっているような時期だし、しかもそこそこの進学校でもあるので、逆に三年は五月からもう受験準備に差し掛かっていたりであまり本気じゃないから、必然的に文化祭とはほぼ二年生のものであるっていう空気があって、一年はわりと肩の力を抜いて、チャチャッと無難にできるようなことをやって適当にお茶を濁しておこうみたいなムードがつよい。

ちなみにうちのクラスの出し物は「インスタ映えするフォトスポット」で、錯視を利用しておもしろ写真が撮れたりするパネルを教室内に配置したらあとは勝手に写真とか撮って楽しんでね～って感じで放置という、非常にお手軽なものになっています。

特進科のお化け屋敷はそれよりはまだ手が込んでいて、夜の学校に殺人鬼が紛れ込んだぞ‼　っていう設定らしいんだけれど、基本的には窓に目張りをして暗くして、パテーションで区切って通路を作ってあって、あとはところどころに死体役の生徒が倒れてたり座ってたりするだけという感じで、仕掛けがあったりとか、アクターが積極的に驚かせてきたりとかはしないっぽい。

そうはいっても、暗い中を懐中電灯ひとつだけ持って歩くというのはそれだけでそこそこ怖いものだし、角を曲がって人が倒れてたりすると結構びっくりする。低予算かつ練習とかも必要でないわりには、比較的それっぽい。そのうえ、うちひとりは本当に死体だったわけだから、お化け屋敷としてもかなりの本格派だ。笑いごとではない。

「うーん、もとから死体役なわけだから、このままここに置いておいても、しばらく気付かれない可能性はそこそこあるとは思うけれども。事実、たぶん何人かはすでに沙紀ちゃんの死体の前を、たんにリアルな死体役だと思って通り過ぎてるんだろうけれども。気付かれちゃったら面倒だしねぇ」

「かといって、ここから死体をひとつ運び出すのも結構な賭けではあるな」

なにしろ、ドア一枚を隔てた向こうは今まさに文化祭の真っ最中だ。沙紀ちゃんの死体をどこかに移動させるにしても、誰の目にも触れないというのはまず無理だろう。

沙紀ちゃんが生き返りさえすれば沙紀ちゃんは生き返るし、あの黒いわけの分からないものが犯人の存在を削り取ったうえに、ある程度は現実を均してしまうから大抵のことはどうにかなるんだけど。

あの黒いなにものかは、ただ肉の身体をもっていくだけでなく、人間の存在というものをまるごと喰らうのだ。存在を喰らうとか、現実を均してしまうというのも説明しづらいんだけど、たとえば入学式の日に削り取られたあの美術教師は、死んだとか行方不明になったとかじゃなく最初から居なかったことになっていて、その結果、今ではうちの学校には美術の選択授業がもともとなかったということになってしまっている。

でも完全にそういう風に、あの美術教師に関わった事象のすべてが改変されるのかというとそうでもなくて、去年の美術の授業で課題として描かれたらしき絵などはそのまま残っていたりするし、そのへんは意外といい加減で、直接に物質的に影響するのではなく、飽くまで人の認識に働きかけて最小限の穴埋めをするという感じだ。

それでも、そういうことにそもそも違和感を抱かないように認識が歪められてしまうので、かくいうわたしも、相当に強く意識していないと、そのへんに違和感を覚えないようになってきている。出来事の記憶が丸ごと抜け落ちていたりはしないけれども、だんだんと薄れてはきていて、そういうことがあったということは覚えてはいても、もう美術教師の名前だとか、どんな顔をしてたかとかの細かな部分は思い出せない。これもなにかの力が作用した結果なのか、それともわたしの記憶が順当に薄れているだけなのか、その判別は確かにはつかないのだ。自分ではそこまで記憶力がないほうだとは思ってないから、あの黒いなにかの影響じゃないかと予想してはいるんだけれど。

ひょっとすると、誰かにバレたところで犯人さえ指摘してしまえば、あの黒いのがうまいこと辻褄(つじつま)を合わせてくれてどうにかなるのかもしれない。でも、アレがわたしたちの味方だとは思えないから、自分に有利に作用してくれるだろうと期待するのはあまりにも危険だ。それに騒ぎが大きくなって警察沙汰になると、気安く首も突っ込みにくくなって「わたしが犯人を指摘する」というのもやりにくくなる。犯人探しをするにしても、もうちょっと時間を稼ぎたい。

まあ、実はその「わたしが犯人を指摘する」というのが沙紀ちゃんの生き返りの必要条件なのかどうかも、はっきりとは分かってないんだけど。なにしろ、リトライが可能なのかすら不明だから確認のしようがないし、可能なかぎり、なるべく前回と同じ条件を整えてみるしかない。なので毎回、昇は助手に徹していて、探偵は飽くまでわたしの役回りなわけです。ちゃんとした定められた手順があって、その通りにやればそうなると、誰かが結果を担保してくれているわけではないのだから、わたしも「どうせ沙紀ちゃんは犯人を指摘すれば生き返るからいいや～」っていう軽いノリなわけじゃなく、生き返るかどうかは毎回手探りで神頼みのギリギリのチャレンジなのだ。

「動かすなら、もうなんでもないような顔をして堂々と突っ切るほかにないかな」と、わたしが呻くと、昇も「よっぽどのことがない限り、普通の人は本物の死体かな？　なんて考えないとは思うけれど」と、渋い顔をする。「それこそミステリー小説の犯人じみたギリギリの行動にはなるね」

「こっちはむしろ犯人を追い詰める側のはずなのに、どうしてこんなことに……」

やるなら、わたしが沙紀ちゃんの死体をおんぶして、平然とした顔で行くしかない。

女の子が女の子をおんぶして歩いているというのは変なことではあるけれど、高校においては異常事態というほどでもなく、たまにある光景ではあるし、まして今日は文化祭なのだから、ちょっとくらい変なことがあってもたぶんそれほど気にされないだろう。

「隠すにしても、どこに持っていくか」と、昇が顎を撫でる。

「妥当なところでトイレかな。一番近いトイレなら、そこそこ成功率も高そうな気がする。掃除用具入れにでも入れておけば多少は時間を稼げそう」

でも、誰ともすれ違わないのはたぶん無理だし、なにしろ沙紀ちゃんは死体だし、死んでいる人というのはもうどうしようもなく死んでいるので、見慣れている人にとっては一目瞭然で様子が違うんだよね。まあ、普通は死体を見慣れている人なんてそうそういないはずだから、そこらへんに期待するしかない。

人間には正常性バイアスというのがあって、観測した物事を、自分が想定できる範囲内で納得する傾向があるから、たぶん大抵の人はおんぶされている女の子がぐったりしていても「寝ているのかな？」とか、せいぜい「体調が悪いのかな？」くらいに思ってくれるだろう。とはいえ、それは飽くまでも希望的な予測でしかなくて、誰かひとりでも炯眼（けいがん）の持ち主とか細部が気になる人がトイレまでの道程にいるだけで露見してしまうだろうし、まったく合理的な判断でもなければ妥当性のある計画でもない。

基本的に、物事は期待を前提に運ぶべきではないのだ。

それでも、どうしてもやるしかないとなったら人間やるしかなくなるのだなぁ。なるほど、ミステリの犯人たちはこういう風に追い詰められた結果、ああいう変に思い切りのいい行動を取ったりするのだろう。

「よし、いいや。ここでこうして悩んでいる間にも刻一刻と状況は悪くなっていっているはずだから、もう決めちゃったほうがいいでしょ。行こう」

人生はターン制じゃなくアクティブタイムバトルだから、選択を誤った結果として不都合が起こることより、なにも選択できないまま時間切れになってロクでもない目に遭うことのほうがよっぽど多い。そのうえ、往々にして制限時間も明示されていないから、どれくらい急げば間に合うのかも分からない。なんでもいいから、なるべく早急に決断したほうがまだマシなのだ。老子もなんかそういう意味のことを書いていたはず。それに、自分で選んだ結果として下手をこくならまだ納得もできるけれど、たんに時間切れでパカッと床が抜けて下に落とされちゃうみたいなのは、やっぱ納得できないじゃん？どうせならやれるだけやってみようぜ？　って、死体を動かすべく沙紀ちゃんを背負おうとしたところで血塗れのジェイソンマスクをつけた人が「うおーっ!!」って斧を振りかぶりながら襲い掛かってきて、わりと本気で「ぎゃーっ!!」ってなる。

「うおおお〜〜っほっほほ、あはっ!! あ、やば。普通に笑っちゃった。んっふふ」

おどろおどろしいクオリティ高めのジェイソンマスクの向こうからすこしハイトーンの笑い声がして、それがなんか聞き覚えのある感じだったから、反射的に腰を落としていたわたしは「あれ? 乃亜ちゃん?」と、訊いてみる。乃亜ちゃんもジェイソンマスクを上にズラしていつもの平板な笑顔を晒して、軽そうなハリボテの斧をプラプラ振りながら、「うん、乃亜ちゃんだね」と、あっさり認める。

「もっとこっちにきたら最後にわたしが脅かして追いかけるんだけど、なかなか来ないから出張してきたの。よーちゃんがめっちゃいい反応するから素で笑っちゃった」

乃亜ちゃんは沙紀ちゃんのクラスメイトで、いつもにこやかなかわいい子だ。わたしはお昼ごはんはだいたい特進科の教室で沙紀ちゃんと一緒に食べているから、特進科の子もそこそこ顔見知りだったりする。いつもにこやかなせいでかえって感情が読みにくいところがあるけれど、これも彼女なりの一種の社会的バリアなのだと思う。

たぶん、設定的にはそのへんにゴロゴロと倒れてた死体役を殺した殺人鬼の役なのだろうけれど、乃亜ちゃんは普段から「わたしはあなたになんの脅威も与えませんよ～」というほんわかとした空気を全身で発しているので、ジェイソンマスクを一枚被った程度のことでは、その独特のゆるふわムードを隠しきれてなくてあまり危険な感じにはならないっぽい。や、まあ普通にめちゃくちゃびっくりしちゃったんだけど。

「見ての通り、教室をぐるっと一周すれば終わりだからそんなに問題にならないんだけど、一回につき一組ずつしか入れない仕様だから、あんまり長々と滞在されても困っちゃうんだよね。それで、時間一杯になったらわたしが脅かして追い出すってわけ。なので、暗闇にかこつけていつまでもいちゃいちゃしてないで、そろそろ出ていってね」

なるほど、ずいぶんと朗らかかつ率直な殺人鬼だなぁ。別に好きで昇と文化祭を回っているわけではないし、暗闇にかこつけていちゃいちゃあたりは大いに誤解がある気がするけれども。そろそろ出ていきたい気持ちはわたしもやまやまであります。

で、さてここからどうやって乃亜ちゃんの目をかわしつつ沙紀ちゃんを運び出そうかな～なんて思案してたら、なんか様子がおかしいことに気付いた乃亜ちゃんが「ん？」と、沙紀ちゃんの顔を覗き込もうとしてくるし、そういうのがいちいち予備動作なしの唐突でびっくりする。「うおおっ⁉」と、慌てて身体を入れてブロックする。油断するな！　ゴール下は戦場だ!!　自分のゴールは死守しなければならん!!

「え？　なになに？　なに隠してんの～？」

「や！　別に隠してるとかじゃないんだけど!!　あ、そうそう!!　沙紀ちゃんなんか体調悪いみたいだから、ちょっと保健室!!　そう！　保健室に連れていこうと思って!!」

ぐるぐると頭を振って覗き込もうとしてくる乃亜ちゃんを、わたしも身体でブロックするから、ふたりでチューチュートレインみたいな動きになっちゃって、なんかそれがウケたらしく「あはは～っ!!」って、乃亜ちゃんがめっちゃいい顔で笑う。や～ん、太陽かよ。いや、こっちはわりと気が気じゃないんだけど。

「え～、じゃあ沙紀ちゃんはわたしが保健室に連れていくから大丈夫だよ～」

「いや、いいよ!!　忙しいでしょ!?　乃亜ちゃん忙しいよね殺人鬼役やらないといけないし!!　沙紀ちゃんはわたしが保健室に連れていくから任せて!!」

「あそう？　んじゃあお願いしようかな。こっちは何人か交替役もいるし、ぶっちゃけ死体がひとり減ったとしても大して影響ないし、治るまでゆっくり休んでて～」

「うん!!　じゃあね!!　そういうことでね!!」

って、なんとか誤魔化して「ほら!!　沙紀ちゃん保健室に行こうね!!」って、F1のピットクルーみたいな洗練された動作でめっちゃ手早く沙紀ちゃんを背負って「じゃあね!!　ありがとう!!　おもしろかったよ!!」って、スチャッと手を挙げて（速攻！）バヒューンと廊下に飛び出す。コーナーからの立ち上がりでヒュイッと背筋を伸ばして、なんでもないですよ～みたいな顔をしながら徐々に速度を上げ、トイレに向かう。幸い、特進科の教室は校舎の一番奥まったところにあるので、そこまで人通りも多くない。

「危なかった。なんとか誤魔化せたね」と、わたしが小声で言うと、昇が「誤魔化せたかなぁ……」と、首をひねる。いやまあ、悲観的になるのはよくないですよ。期待を前提に行動するのはよくないけれども、終わったことに対して悲観的になっても仕方ないのだ。行動する前は最大限悲観的に予測しつつ、やるとなったら不安は脇に置いて楽観的に大胆に行動するのがなによりも大事です。オーケイ？

で、なんとか誰にも見咎められることなくトイレに辿り着いて、運良く中にも誰も居なくて、そのまま掃除用具入れを開けて沙紀ちゃんの死体をボンッ!!　とシュートして扉を閉めて、フーッと一息をつく。うおーやりきったー!!　なんとかなったぜ!!

「保健室行くんじゃやなかったの？」

背後からそう声を掛けられて、また「ぎゃーっ!!」ってなる。反射的にびょーん!!

と、飛び退いてピボットで振り返ると、乃亜ちゃんが普通に用具入れの扉をパカッと開けて「あれ、これ沙紀ちゃん死んでない？」と、いつもの朗らかな笑顔のまま首をぐいっと傾げている。反応淡白だな！　ていうか、なんとかなってない!!

「乃亜ちゃんどうしたの!?　教室にいなくていいの??」

「や、見終わったら最後に懐中電灯を回収することになってるんだけど、よーちゃん宮城リョータみたいなすごい勢いで出て行ったからもらいそこねちゃってさ」

「あっ!!　ああっ！　そ、そうだねっ!!　うっかり懐中電灯そのまま持って来ちゃってたね！　ごめんね!!　はい、返す!!　返したよ!?　もう用事済んだ!?　用事済んだら早く戻らなきゃなんじゃない??」

　わたしは慌てて手に持ったままだった懐中電灯を乃亜ちゃんに押し付けるようにして返すけど、乃亜ちゃんのほうは「いや、そうは言っても懐中電灯も予備はあるし、殺人鬼役も交替の子がいるから、言って代わってもらってきたし、そんな急がなくても大丈夫だよ」って感じで、すぐに帰ってくれそうな気配はあんまりない。

「そそそそ～なんだ!!」

　ヤバい。背中からダーダーと嫌な汗が出る。まあ、五月とはいえ今日はアホかっていうくらいに晴れていてクソ暑いし、お化け屋敷は窓も全部塞がれていたから風通しが悪くてさらにクソ暑かったし、そのうえ人ひとりを背負って早歩きで一気にここまで来たからリアルにファッキンホット（クソあつい）っていうのもあるんだけど、それ以上になんかすごい嫌な汗が出るし逆に背筋には寒気がするし毛穴が開いて鼻から脂が無限に出る。この無限に湧きでる鼻の脂の油田でエネルギー問題解決できたりしない？

「でさ、これ沙紀ちゃん死んでるっぽいけど、いいの？」

「え？　いやその、違う!!　違ってて!!」

うん、違わないね!!　どう見ても死んでるよね!!　え？　どうするの??

「違うの？」

「死んでるんだけど!!　でもちょっとしばらくは内緒にしててもらっていい？」

「うん、いいよ〜」

いいのかよ。そこまで素直だと逆にびっくりだよ。

「よく分かんないけど、そんなに必死になるってことは、よーちゃんにはよーちゃんでなにか事情があるんだろうし。わたし、人のすることにアレコレ口出しするのあんまり好きじゃないんだよね。余計なこと言って嫌われたくないし」

いやまあ、黙っててくれるっていうならそっちのほうが助かるから、わたしがとやかく言う筋合いもないんだけど、それでいいのかよ。まあいいか。あまり深く考えるのはやめておこう。人にはそれぞれにポリシーがあるものだ。うお〜、焦った。汗が引いて身体冷えてきちゃった。半袖だと寒いくらいだ。

で、トイレから出て表に突っ立ってた昇に「ちょっと‼　せっかくいるんだからぼさっと突っ立ってないで見張りくらいしててよ‼」と、ぐぐっと顔を寄せて抗議する。

「でも見張りに立ったところで、トイレに入ろうとする女子を引き留めるとか普通に無理じゃないか？　女子トイレの前に男がいるだけでも違和感なのに」

うーん確かに。ここは男子トイレと女子トイレが並んでいる造りじゃなくて、女子トイレしかないから、男子トイレのほうに用事があるって偽装もできないしね。変質者だ。

「まあ言ってることは分からなくもないんだけれども、基本的に昇には必死さが足りないんだよ。もっと必死になったら色々どうにかなったりするかもしれないじゃん」

なんて、わたしと昇が声を潜めて言い争っていると、乃亜ちゃんが横から「え？　なになに？　よーちゃん今度はどうしたの？」と、にこにこ朗らかな笑顔で訊いてくる。

ちょいちょい喋ったことはあるんだけれども、なんかすごく摑みにくい子だなぁ。

　まあでも、どうせバレちゃったんだし折角だからってことで、乃亜ちゃんに「えっと、それでわたしは沙紀ちゃんを殺した犯人を見つけようと思ってるんだけど、ちょっと話きいてもいい？」と、言ってみる。

「あ、沙紀ちゃんアレ死んでるだけじゃなくて、誰かに殺されたんだ？」

「うん。首を絞められた跡があるから、自然死や自殺じゃなくて他殺なのは間違いない。誰かが沙紀ちゃんを殺したんだよ。やっぱそういうのって許せないし、犯人を捕まえないといけないいじゃない？　というわけで、乃亜ちゃんにも協力してほしいんだけど」

「いいよ～」

　う～ん、どこまでもノリが軽いなぁ。まあ素直なのはいいことだよね。それで、トイレのすぐ横が非常階段になっているから、そこの踊り場で話をきくことにする。

「えっと、とりあえず犯行の時間を絞っていきたいんだけど、乃亜ちゃんが最後に生きている沙紀ちゃんを確認したのって何時くらい？」

「お昼ごはん一緒に食べたからそれまでは生きてたよ～。時間差でお昼回してて、わたしたちは早めだったから十一時半くらいかな。そのあと十二時くらいから沙紀ちゃんずっとあそこで死体やってたはずだけど、それ以降は分かんない」

今が十三時ちょっと過ぎだから、沙紀ちゃんは十二時から十三時までの一時間くらいのあいだに殺されたということになるのかな。

「神野が発見した時点で死後数十分から一時間程度は経過していたから、十二時からの二十分程度までに絞ってもいいと思う」

わたしが腕を組んで考えていると、横から昇が補足してくる。そういえば、そんなこと言ってたっけ。気温とか死体の状況でも誤差はあるようだけど、死斑とかそういうのでだいたいは分かるらしい。さすがは他殺体のオーソリティ。

「なにか変わったことはなかった？　不審な人とか、物音とか」

「ん～わたしは本来、沙紀ちゃんがいたところの次の角で飛び出して追いかける係だから、基本的には沙紀ちゃんのほうまで行かないんだよね。よーちゃんがなかなか来ないから、追い出すために出張していっただけで」

お化け屋敷は四角の教室に机とダンボールを組み合わせたパテーションを立てて、くねくねと曲がった一本の通路にしてある。曲がり角を曲がるたびに死体役がひとり転がっていて、懐中電灯の明かりを向けた瞬間にドキッ！　とするのを狙っているらしい。ので、沙紀ちゃんは最後の角のちょっと手前に座っていて、乃亜ちゃんはその曲がり角の向こうで待機してたってことのようだ。

「じゃあ、乃亜ちゃんから沙紀ちゃんの様子は見えてなかったんだ？」

「そうだね。中は真っ暗だし、わたしたちが明かりを使うわけにもいかないし。ずっと居ると目が慣れてすこしは見えるから、ちょっと歩くくらいは問題ないけど。それに、外の物音を遮るのに爆音で雨の音を流してたから、物音も分かんなかったな〜」

「あ〜そうね。結構うるさかったもんね」

お化け屋敷をやろうにも文化祭の最中では、体育館からブラバンの演奏も漏れ聞こえてくるし、アトリウムにもミニステージが設置されていてマイクつかって色々とやっているしで騒がしいし、暗くしたところであんまり怖い雰囲気にはならない。こんなペコペコの教室で完全な遮音（しゃおん）なんかできないから、逆にもっとすごい音量で環境音を流してしまおうって作戦だったみたいで、ザーッ‼　ていうものすごい雷雨の音がずっと流れていたのだ。ちょっとくらいの物音なら打ち消されてしまったかもしれない。

「お化け屋敷は入り口と出口が一か所ずつで、一回につき一組ずつしか入れないんだよね？」と、わたしはもう一度、乃亜ちゃんに確認する。

「うん。懐中電灯の明かりだけで進んでもらう趣向なんだけど、その懐中電灯を出口で受け取って次の人に渡すわけ。だから同時に中に入るのは常に一組だけだよ」

「十二時から十二時二十分くらいまでの間に中に入った子って、誰か分かる？」

「どうかな〜。わたしは最後にワッと出て行って追いかけ回すだけの役だから、暗いしマスクつけてるし顔をまじまじと見る機会もないしで、誰ってところまでは分からないけど、受付に立ってた楓ちゃんなら分かるかも」

「楓ちゃんって誰だっけ？」

「あれ？　知らない？　等々力楓ちゃん。寺生まれの」

あ、そうそう。そういえば沙紀ちゃんのクラスに、弓道部でクールビューティーの寺生まれの子がいるって話だった。等々力さんっていうんだね。マジで寺生まれのTさんじゃん。えっと、なんの流れで寺生まれの話が出たんだったっけ？　犯人は仏教に関係してるとかそういうアレだったような。いや、それは関係ないんだっけ？

なんにせよ、それなら等々力さん（楓ちゃん？）にも話をきいておきたい気はするけれど、でもなんて説明して話をきこうね？　まさか正直に「沙紀ちゃんが殺されたので犯人を探しています」とか言うわけにもいかないし。や、やっぱ乃亜ちゃんはかなりの例外だと考えるべきじゃん？　え？　それとも最近の女子高生ってこれくらい淡白なのがデフォなのかな？　意外と訊いてみればどうにかなったりする？

「ていうか、わたしのほうからも質問していい？」と、乃亜ちゃんが仮面みたいな平板な笑顔のまま首を傾げるので、わたしは「ん？　いいよ。答えられるかは質問によるけど。答えられそうなことなら」と、返事をする。

「よーちゃんって沙紀ちゃんのことが好きなの？」

「は？」

完全に予想外の方向からの球に、普通に素で「は？」とか言っちゃう。

「え？　うんまあ好きだけど、それがどうかした？」

「うーんと、そういう軽い感じのフレンドリーな好きじゃなくて、普通にラヴのほうの好きなのかな〜って思ってたから」

「ラヴのほうの好きってアレ？　要は恋愛対象かどうかってこと？　違うと思うけど」

「違うんだ？　じゃあとりあえず、付き合ってたとかではないのね？」

え？　普通になくない？　だっていちおう女の子同士だし。

「え〜でもよーちゃんってマジでストーカーかな？　っていうレベルで沙紀ちゃんのことつけ回してたイメージだし、ていうか、いま沙紀ちゃんが死んでるのもよーちゃんの愛が暴走した結果かなぁとか、わりと思ったんだけど」

ええ……。まあでも、わたしがストーカーかな？　っていうレベルで沙紀ちゃんのことをつけ回しているという点に関してはなかなか否定しづらいところもある。でも普通に友達として好きなだけだよ。綺麗だし性格もいいし、この世のあらゆる善さがそのまま受肉したみたいな奇跡の存在だし。ね？

「でも、それならそれで、飽くまでお友達としての好きなだけですよ～っていうアピールはしておいたほうがよかったかもね。わりとみんな、よーちゃんのことはそう思ってた気がするし。ふたりとも目立つタイプだから狙ってる子は結構いたはずなんだけど、ふたりが付き合ってると思って諦めてたパターン多そうだったし」

ええ……、そこまでか。いや、不本意と言えば不本意なんだけど、でも付き合っているアピールならまだしも付き合ってないアピールってどうすればいいの。聞かれてもいないのにアピールしだすのも様子がおかしいじゃんね。ていうか、沙紀ちゃんが目立つタイプなのは分かるとして、わたしは別にそんなことなくない？　顔面偏差値48だよ？

「ん～、ちょっと一緒にいすぎだったかもね？」

乃亜ちゃんは人差し指を唇に当てて、目線を上に泳がせて思案顔を見せる。

「よーちゃんと沙紀ちゃんって、同じ中学だったんだよね？　仲が良いのはいいことなんだけど、せっかく高校生になったのに、ずっと同じ中学の子とばかりツルんでて新しい友達を作らないのも、そこそこ不健全な気がするよ？」

「え、別に新しい友達を作る気がないとか、そんなことは全然ないんだけど。わたしも教室では、隣の席の伊勢崎さんとか、けっこう喋ったりしてるよ？」

「でもよーちゃん、お昼休みになると沙紀ちゃんとお昼一緒に食べるために、わざわざうちの教室まで来てたじゃん？　それって、ほかの同じクラスの子と仲良くなる機会を逃しているってことでもあるんだよね。なんかよーちゃんと沙紀ちゃんって、ふたりだけで世界が完結していて、あんまり外に対して開かれていないような感じはしてたよ」

うんまあ、たしかに高校に入ってもう一か月くらい経つのに、まだ友達って言えるほどの友達って新しくはできてない気もするけれど、でも、それもある程度はやむを得ない部分もあると思うんだよね。

「だってほら、人を無暗に信頼すると殺されちゃうかもしれないし」

どんなに表面的に善良そうに見えたところで、人間というのは根本的に信用できないものだということを、わたしは身をもって知ってしまっている。人は誰だって、なにかの拍子に殺人犯になり得る。そういうことを、わたしは既に経験的に知っているから、知らない人に対する信頼のハードルが高くなってしまうのも仕方がない。それがあまり健全な状態でないというのは確かだろうけれど。

「う〜ん、沙紀ちゃんが誰かに殺されちゃったばっかりの今のこの状況だと、それもなかなか強く否定はできないんだけれど、一般的に言えば、それはあんまり良い世界認識ではないんじゃないかな〜」

不健全なのはわたしの認識なのか、それとも世界なのか、そこのところは分からない。本当は世界というのはもっと優しくて健全で素晴らしいものなのに、わたしの認識が不健全なせいで歪んだ目で見てしまっているだけなのかもしれない。でもなんにせよ、油断すると沙紀ちゃんはすぐ誰かに殺されてしまうということだけは、間違いのない真実なのだ。少なくとも、常に油断はするべきではない。

「とはいえ、沙紀ちゃんは沙紀ちゃんだしね〜。沙紀ちゃんが殺されちゃったことで、人間は信用できないっていうところに即つなげてしまうのもちょっと違うっていうか、やっぱ沙紀ちゃんはすこし特殊だから」

「うん？　特殊っていうと？」

わたしが訊くと、乃亜ちゃんはまた言葉を選ぶみたいに、虚空に視線を泳がせる。適当に喋っているように見えて、意外とちゃんと頭でものを考えて、言うことをまとめてから喋りはじめるタイプのようだ。

「なんだろうね？　わたしも誤解を与えずに適切に説明できる自信が全然ないんだけど、沙紀ちゃんって、ただ居るだけで近くの人の劣等感を刺激するみたいなところがあったじゃない？　沙紀ちゃんになにか悪いところがあるっていう意味じゃなくて、むしろ悪いところがなにひとつ見当たらないせいで。あれだけ綺麗で勉強もできて、運動も苦手じゃないし、そのうえ性格もいいって、欠点らしい欠点がなにもないから。わたしはわりとこういう感じだから、そういうのあんまり気にならないほうだけど、それでも時々なんでこんな子が存在できるんだろう？　って不思議に思っちゃうことあったし」

そういうものだろうか？　綺麗で賢くて性格がいいなら、単に好きになるだけだと思うけど。わたしは綺麗で賢くて性格もいい沙紀ちゃんのことが単に好きなだけで、劣等感が刺激されるとかはよく分かんないけど。

わたしがそんな風なことを言うと、乃亜ちゃんは唇をちょっと曲げて「ん～？　それもそれで、よーちゃんなんだか自分にそう言い聞かせているような不自然な感じがしないでもないよ?」と、首を横に振る。

「なんかよーちゃんって『こうあるべき』みたいな規範と『こう思う』っていう自分の感情とが区別できてないような気がする。『こんなことは思うべきじゃない』って考えちゃうと、それが自分の感情をも押し隠して自分自身でも『こんなことは思ってない』って思いこんじゃうみたいな。世の中にやっちゃいけないことっていうのは色々とあるけどさ、思っちゃいけないことなんか別にないんだよ」

うう~ん? なんかでもそういう「自分でも分かってないかもしれないけれど、お前は本当は無意識にこういうことを考えているのだ」みたいな「本当の自分」論法もたいがい無敵すぎてどうかと思う。そんなの、反論のしようがないじゃんね。自分がなにをどう思うのかって、最終的には自分が自分の意志で決めることじゃない?

「それもそうなんだけどさ。規範は規範、自分の気持ちは自分の気持ちでちゃんと区別したうえで選び取っているなら、それはたんによーちゃんが強い人だっていうだけの話だから。でも世の中そんなに強い人ばっかりじゃないし、まだまだ多感な高校生ともなれば尚更だよね。もちろん、だから殺していいとか、殺されても仕方ないとかそういうことを言っているんじゃないし、わたしもそんなことで人を殺したりはしないけど、でも、殺したい気分になっちゃうっていうのは意外と分からないでもないかな〜って」

だからかな？　と、乃亜ちゃんは自分で言いながら自分でも不思議がっているみたいに、ミミズクのように首をぐいっと曲げる。

「さっき、沙紀ちゃんの死体を見たときもそんなにびっくりしなかったんだよね。そういうこともあるかな？　みたいな感じで。それに、意外としっくりきてたっていうか、死んでるのが似合っちゃうみたいな。あ、死んでるのも結構アリだね？　みたいな」

「死んでるのが似合うって……」

わたしはもう沙紀ちゃんが死んでいるのを見慣れてしまっているところがあるから、死んでいるのが似合うっていうのも分からなくはないかもしれない可能性がそこはかとなくなくもないいんだけれど、乃亜ちゃんにしてみれば沙紀ちゃんはたぶん生まれて初めて見た他殺体のはずで（そうそう他殺体を見る機会なんかないよね？）初見でも死んでいるのが似合うとか、そういうのもあり得るのだろうか？

「リハーサルのときも思ったんだけどさ、沙紀ちゃんって生きてても綺麗だけど、たぶん死んでるほうがもっと綺麗なんじゃないかな〜って」

うーん？　だんだん分からなくなってきたぞ。普通にサイコパスでは？

「なんていうのかな？　沙紀ちゃんってオフィーリアの美しさなんだよ。綺麗なものって、死に近いの。あんまりにも綺麗なものが生きて動いていると、どうしても違和感があって、死体であったほうが馴染むみたいな。死んだふりしてる沙紀ちゃん、すごい綺麗だったもの。死んだらもっと綺麗なのにな～って思っちゃったら、やってみたくなる子も、やっぱいるんじゃない？　わたしはそういうの、面倒だからやらないけど」

　なんかどんどん話がカッ飛んでいくな～ひょっとして乃亜ちゃんも見かけに依らず結構危ないタイプなのか？　とか思っていたら、横で昇まで「まあ、分からないことはないけれど」とか言うから、え？　本当に大丈夫？　ってなる。四面楚歌じゃん。

「見た目の綺麗さでも、性格の良さでもなんでもいいんだけどさ、そういうのは抽象的に言えばぜんぶ力だ。で、あまりにも大きい力っていうのは否応なく色々と引きつけちゃうから、ただそこに居るだけでも周囲に渦みたいなのが発生するんだよ」

　とか、昇までなんかオカルトっぽいことを言い出す。なにそれ風水とかの話？

「う～ん、力の渦ねぇ……？」と、わたしが呻くと、乃亜ちゃんは我が意を得たりみたいな顔で「あ、そうそう。力の渦」と、人差し指を立てる。

「なんか異次元空間っていうか、時空が歪むみたいな、変な磁場てきな渦があって、その中心に居るのが沙紀ちゃんであり、よーちゃんって感じ」

「え、なに？　わたしもその謎の力場の真ん中にいるわけ？」

「そうだよ〜。あ、ひょっとするとそれでかな〜。よーちゃんたちはばんばん周囲に影響を与えてるのに自分たちは周りからなんの影響も受けずに強固に安定しているものだから、それでなんだか腹立たしくなってこっちからも影響してやりたくなるのかも」

ええ〜、でもそれでわたしたちに影響しようとする手段が殺人って、いくらなんでも何段階もすっ飛ばしすぎでしょ。距離感が異常に近いほうのコミュ障じゃん。

「わたしもそう思うよ。まあ世の中には不器用なタイプの人もいっぱいいるし。わたしもホラ、きっかけはこんなだけどさ。こうしてよーちゃんと喋れてよかったな〜って思うし、わたしの他にもよーちゃんともっと喋りたいって思ってる子は多いだろうから、そんな風にばりばりにバリアを張ってふたりだけの愛のワンダーランドしちゃうのはあんまり良くなかったんじゃないかな〜って思ったりもするよ？」

まあ、沙紀ちゃんはもう死んじゃったんだし、後の祭りだけどね。って、ええ〜？　なんかずいぶんとサッパリしてるな〜。まあ普通は死んだらそこで終わりだからそういう反応になっちゃうんだろうか？　え？　それにしても淡白じゃない？　まあいいや。

別にわたしは沙紀ちゃんとふたりだけの愛のワンダーランドをしてたつもりもなかったんだけど、ていうか、なんの話だったんだろうコレ？

「重要なのは、今回も動機の面から犯人を探っていくのは無駄っぽいってこと」

昇がそう言って、わたしが「人は恨みだけで人を殺すわけじゃないし、どんな感情も一定以上に大きくなれば動機になり得るってこと？」と、話をまとめると、乃亜ちゃんも「そういうことかな？　うん、そういうことかも」と、勝手に納得する。

よく分かんないけど、納得したなら別にいいか。それで話がひと段落したところで「わたしの前に来てたお客さんとか分かる？」と、スルッと話を元の筋に戻す。そもそも容疑者も絞れていないような状況で動機を類推するのはまったく意味がない。

「さっきも言ったけどわたしは最後に追い出すだけの係だからお客さんの顔まではいちいちちゃんと見てないんだよ。あ、でもわたしたちが交替してからの十二時以降に来たのは全員うちの生徒かな。みんな制服だったから、外来のお客さんは来てないはず。あと、みんな二人組だったよ。ひとりで入ってきた子は他にはいなかった」

「あ、それはかなりの耳より情報ですね」と、わたしが言って、昇も「つまり、今の時点でも容疑者はこの学校の生徒に限られるわけだ」と、頷く。

それでもまだ容疑者は数百人いることになるんだけれども、今日たまたま文化祭に遊びにきただけのまったく関わりのない外部の人が沙紀ちゃんを一目みた瞬間に決意して素早く殺してしまったっていうパターンよりはかなりマシだ。もしもそうだったら、容疑者の数は爆発的に膨れ上がってしまう。うちの学校は外来も自由入場じゃなくてチケット制だから無限に拡大するわけではないけど、でも十分、わたしみたいな素人探偵が少ない手がかりから推理をして犯人を見つけることは不可能になってしまう。

もちろん、どうしようもなくなったら諦めて警察に任せるしかないのだけれど。ひょっとしたら警察が犯人を見つけた場合でも沙紀ちゃんは生き返るのかもしれないし、いつまでも犯人を野放しにしておくよりはよっぽどいい。

とはいえ、本当に生き返るかどうかは実際にやってみるまでは分からないし、仮に生き返れたとしても、沙紀ちゃんが一度死んで生き返ったという事実が公になることは避けられないし、それに対して社会がどのように反応するのかもまったく予測ができない。もしかすると、そのへんもあの黒いなにかがうまいこと現実を均してくれるのかもしれないけれど、それもどこまでどう作用するのか分からないし、あまり物事を楽観的に捉えるべきではない。実は生き返りにはタイムリミットがあるなんて可能性も考えられる。

やっぱり、最善はこれまでどおり、あまり大事になる前に、なるべくソッコーで犯人を指摘して沙紀ちゃんを生き返らせる。これですよ。

「あとは、熊谷以外のお化け屋敷のメンバーを知りたいな」と、昇が言うので、わたしは「ねえ、乃亜ちゃんが殺人鬼役に交替して以降の十二時からは、乃亜ちゃん以外には誰が教室の中にいたの？」と、訊く。あ、熊谷っていうのは乃亜ちゃんの名字ね。フルネームは熊谷乃亜ちゃん。

「一個目の角を曲がったところで倒れてたのが茂部和美ちゃんでしょ。その次が椚恵美ちゃんで、その次が香坂比奈子ちゃん。で、沙紀ちゃん。最後にわたし。アクターはその五人だよ。他に交替のメンバーもいるけど、十二時以降はその五人でやってた」

「交替メンバーっていうのはどこにいたの？」

「うん？　別に、そのへんだよ～。特に控室とかがあるわけじゃないし、教室の中も真っ暗にしちゃってて待機できるスペースとかないから、交替メンバーの子も死体やってない間は普通に文化祭を見て回ってるんだと思う。時間になったら適当に近くまできて、タイミングみて交替するって感じで」

言われて廊下のほうを見てみれば、たしかに教室の前のところどころに、曖昧に何人かの生徒がいる。全員の名前までは分からないけれど、顔に見覚えがある気もするし特進科のクラスの子たちだろう。交替に備えて待機しているのかもしれない。

「ふーん、なるほどね～」

「神野、すべてを明らかにする必要はない。犯人さえ分かればいいんだ」

昇がそう言ってくるので、あ、やっぱ昇も同じこと考えてたんだなって分かる。決め手には欠けるかもしれないけれど、たぶん合ってるだろう。

そりゃ理想としては、他の可能性は絶対にあり得ないくらい一意に定まったほうがいいに決まっているけれど、実際問題としてわたしたちの捜査能力なんてめちゃくちゃ限定的だし、地道に全部の可能性を潰して回っているほどの時間的な余裕も、おそらくない。まだ全然ノータッチの領域に真犯人がいる可能性は排除できないけれど、これかな？　って思うことがあったら、そこからはある程度決め打ちでいくしかない。

つまるところ、今回の事件で必要なのは容疑者の名前だけだ。もちろん、そんなのは普通に考えれば決定的な証拠にはなりえないんだけど。

決定的な証拠なんて必要じゃないのだ。ただ犯人を当てさえすればいい。

「見切り発車の感じはなくもないけれど、毎回そんな感じだしね。清水の舞台からエルボードロップ！　いっちょ当たって粉砕してみますか」

もちろん今回も昇は発破をかけるだけで、実際に動くのは探偵役であるわたしだ。

そんなわけで、わたしは非常階段から教室の前に戻って、一番手近にいたベージュの薄手のカーディガンを羽織っている子に「香坂比奈子さん？」と、声を掛けてみる。

「え？　そうだけど……」

お、当たってた。これは幸先いいですねってことで、もう勿体（もったい）つけずに単刀直入に「あなたが沙紀ちゃんを殺した犯人だよね？」と、言ってみる。

「は？」

香坂さんはジト目になって、わたしを睨みつけてくる。

「えっと、普通科の神野さんだよね？　ちょっと何言ってるか分からないんだけど」

「あ、やっぱそういう反応になります？　ん～、でもあなたが香坂さんであるという時点で、たぶん当たってはいるんだよね。まだ判定は出ないけど」

どうも、沙紀ちゃんの生き返りの条件はただ犯人を当てればいいというだけじゃなくて、その人を犯人だと特定するに至った筋道もある程度は説明つけないといけないっぽい。でも、完全に一分の隙も無く説明しきらないといけないかっていうとそうでもないみたいで、わりとガバガバの推理でも通ったりもするし、そのへんの判定基準はいまいち判然とはしない。なので、判定が出るまで詰めていくしかない。

「ホラこう、首を絞めて殺されそうになって抵抗することを考えたら、まず相手の腕を取りにいくじゃない？」と、わたしはちょっと後ろ体重になって、首に伸ばされた相手の腕をとるジェスチャーを交えながら説明する。「で、なにしろ生きるか死ぬかで必死だから爪もめちゃくちゃ立てると思うんだけど、そうすると今日みたいな暑い日はだいたいみんな半袖だから、沙紀ちゃんの爪の間に相手の皮膚の欠片ぐらいあってもおかしくはないはずなんだよね。でも、そういうことはなかった。ということは、犯人は長袖を着ていたのではないかと推測できるわけ」

「え、ちょっと本気でなんの話だか全然わかんないんだけど」

香坂さんは眉間に皺を寄せ困惑の表情を見せるだけだし、判定もまだ出ない。ん〜？ひょっとしてマジで違ったのかな？　まあでも、始めてしまった以上は背水の陣。もう突っ切るしかないので、このまま行けるところまで行くことにする。

「なので、このクソ暑いのに唯一長袖を着ているあなたが犯人です‼」

「いや、唯一ってほどでもないと思うけど。他にもちょいちょい長袖の子もいるし」

うん、まあそうなんだけどね。さすがに昼間はだいたいみんな半袖だけど、まだ衣替えはしてないから通学時はブレザーを着てきてるし、朝夕は冷えるから、カーディガンを羽織っている子もそこまで珍しくはない。うーん、ダメか？

「そんなのぜんぶ想像で言ってるだけじゃない。抵抗しなかったのかもしれないし、抵抗して痕跡も残ったけど、犯人がそれを取り除いてから立ち去ったのかもしれないし、あなたたちの調査が不十分で見つからなかっただけかもしれない。なにかがあるということに比べて、なにかがないということは、根拠にするには弱すぎるわ」

うう〜ん、それもそうなんだけどね。でも普通は「沙紀ちゃんが殺された」っていうところから認識を摺り合わせていくはずなんだけど、今そこのところを素直に受け入れてたじゃん？　もちろん、わたしはわざとそこのところを説明せずに、不親切な感じでいきなり話しはじめたんだよ。沙紀ちゃんがもう死んでしまっていることを、もとから知ってないとそういう反応にはならない気がするんだけどな〜？

「言いがかりじゃない。わたしは最初から何の話だか全く分からないって言ってるでしょう？　いきなり訳の分からない因縁をつけてきて、望み通りの反応をしなかったから怪しいって、自分勝手すぎじゃない？　そもそもこっちは困惑してるの」

「まあそうね～、でもたぶん当たってると思うんだよね～」

あとは判定が出るかどうかだけ。わたしの直感としてはもう当たってるんだけど、これをちゃんと説明するとなると結構むずかしいんだな。

あ、いちおうシンキングタイムを挟む？　じゃあ状況を整理するね。

お化け屋敷は入り口と出口がひとつずつの一本道の構造で、沙紀ちゃんの手前には香坂比奈子さんが、奥側には熊谷乃亜ちゃんが待機していた。茂部さんと栩さんが犯行に及ぼうとした場合、香坂さんの横を通り抜けないといけなくて、ちょっと難易度が上がるから、この時点で香坂さんと乃亜ちゃんが最有力の容疑者ではある。でも、もちろんお客さんが犯人って可能性もぜんぜん排除できてはいなくて、その可能性を考慮すると容疑者は爆発的に膨らんでしまう。できれば香坂さんが犯人であってほしいな～っていうわたしの願望もあるんだけれど、それ以上に、今回の決め手は香坂さんの名前です。

ヒントは沙紀ちゃんの手のかたち。

では、シンキングタイムスタート～。

テケテケテンテケテンテン♪　テケテケテンテンテケテンテン♪

はい終了～☆　では正解の発表です。

「沙紀ちゃんの指、こういう形になってたんだけど、香坂さん分かるコレ？」

わたしはそう言って、パーの状態から親指と薬指を曲げて見せる。

「九品来迎印？」と、香坂さんはノータイムで返事をする。え？　香坂さんも知ってるの？　これそんな一般教養レベルで有名な知識なわけ？　まあいいか。

「えっと、沙紀ちゃんは仏教とかにもあんまりに詳しくはないはずだから、たぶんそんな小難しい話じゃないと思うんだよね。そもそも、わたしに伝わらなかったら意味がないんだし。で、親指と薬指を曲げると、残った指は人差し指と中指と小指じゃない？これ、沙紀ちゃんのダイイングメッセージ」

わたし、香坂さんのことは見かけたことがあるくらいで顔と名前は一致していなかったんだけど、乃亜ちゃんから名前を聞いた時点で、ダイイングメッセージから犯人はこの香坂比奈子って子じゃないかなぁって当たりをつけていて、たぶんその子は長袖を着ているだろうと推測していた。

で、教室の前に戻ってきてみたら、やっぱり長袖を着ている子がひとりいる。ひょっとしてこの子が香坂比奈子かな？　って思って声を掛けてみたら、やっぱり当たってる。こういう流れだから、もちろん客観的に言えばぜんぜん犯人として確定はしてないんだけれども、わたしの主観としてはかなり確度が高いんだよね。

というわけで、もう最後までドーンといっちゃいましょう!!

「沙紀ちゃんのダイイングメッセージは人差し指と中指と小指で〝ひ〟〝な〟〝こ〟を示している!!　つまり香坂比奈子、あなたが犯人です!!」

ババーンッ!!　と効果音とフラッシュライトを背負いながらキメ顔で香坂さんに指を突きつける。あ、ババーンッ!!　きたから正解っぽい。やったね。

「だから、そんなのただのこじつけじゃない。その指の形が本当に被害者がメッセージとして残したものなのか分からないし、メッセージの読み取り方がそれで合っているのかも確認のしようがないでしょう？　そんなのが証拠になるわけないわ」

もうババーン!!　も出ちゃったのに、香坂さんは往生際悪く、まだそんなことを言う。

まあ、普通ならダイイングメッセージが本当に被害者の残したものなのか、その読み取り方が本当に被害者の意図した通りのものなのかというのは確認のしようがないっていうのはその通りだし、ダイイングメッセージくらいしか決め手がないならシラを切り続けるというのも作戦としてあり得るとは思うんだけど、相手が沙紀ちゃんの場合に限ってはそういうわけにもいかないのだ。

で、ババーン!! が出たので、うしろのほうでトイレのドアがパカッと開いて、生き返った沙紀ちゃんが頭をおさえながらノロノロと出てくる。

「うおお〜んっ!! 沙紀ちゃぁあ〜〜んっ!!」と、わたしは猛ダッシュで沙紀ちゃんに飛びつく。よかった!! 今回もちゃんと生き返った!!

「あ、なんだ。よーちゃんか、よかった。起きたら変なポーズで掃除用具入れに押し込まれてるんだもん。まだなにか危険な状況なのかと思っちゃった」

沙紀ちゃんはわたしを抱き留めてポンポンと頭を叩きながら、言う。「あ〜びっくりした。今度こそ死んだかと思ったよ」いや、だから死んでたんだけどね。

乃亜ちゃんは相変わらずのゆるふわ笑顔をキープで表情が読みにくいんだけど、いちおうびっくりはしているみたいで「あ、死んでなかったんだ?」と、目をクリクリさせて、まじまじと沙紀ちゃんを観察している。

まあ、そう解釈するのが普通だよね。人間には正常性バイアスというのがあって、観測した物事を自分が想定できる事象の範囲内で理屈づけして納得する傾向があるのだ。

乃亜ちゃんは沙紀ちゃんの死体をしっかりと確認したわけでもないし、死んだ子が生き返った!! よりは、死んだと思ってたのが自分の勘違いで実は生きていたんだなっていうほうが、まだ常識の範囲内の出来事だもんね。

　というわけで、こうして沙紀ちゃんが生き返ったわけだから、わたしは「ねえ、沙紀ちゃん。これって比奈子の意味だよね？」と、親指と薬指を曲げたハンドサインを見せて答え合わせをする。普通ならダイイングメッセージの真なる解釈なんて一意に定めようがないけれど、相手が沙紀ちゃんであればこうして、本人が生き返ったあとで直接その真意を訊ねることができるのだ!!

「うん、そう。首を絞められて意識が遠のいて、もうダメだ〜って思ったんだけど、せめて最期によーちゃんになにかメッセージを残そうと思って。咄嗟だったからあんまり考えている暇もなかったんだけど、ちゃんと伝わってよかった」

　どんな手の込んだトリックを駆使した密室殺人も、驚異的なスピードの早業殺人も、被害者が生存してしまえばその時点ですべてが台無しなのです。沙紀ちゃんは生存したんじゃなくて死んで生き返ったわけだけど、まあ条件としては似たようなものである。

　はい。というわけで、被害者自身が犯人を名指ししている以上はもう言い逃れのしようもありませんね!!　観念しなさい香坂比奈子!!　って、わたしは思うんだけど、振り返ると香坂さんはただ腕を組んで眉根を寄せ、不機嫌そうな、怪訝そうな表情を見せているだけで、あんまり観念しているっていう風でもない。

「えっと、たぶんさっきまで神野さんはわたしが蓮見さんを殺したとか言って因縁をつけてきていたと思ったんだけど？」

香坂さんが不服そうに言う。あ、ヤだ。目がこわい。

「あ、はい。そうですね。香坂さんが犯人で間違いないと、わたしは思うんですけど」

勢いに圧されて、ついちょっと弱気になって、わたしはそう言い返す。

「生きてるじゃない」

「うん、そうだね。今は生きてるね」

でも、わたしが犯人を指摘したことで生き返っただけで、それで香坂さんが沙紀ちゃんを殺したっていうことがまったくのナシになるわけではぜんぜんない。

「蓮見さんが生きてるなら、話がそもそも成立しないでしょ？　なにを訳の分からないことを言っているの？　さっきから、なんなのこれ？　これも文化祭の余興かなにか？　だとしたら別に面白くもなんともないし、本当に意味が分からないんだけど」

あれ？　だいたいここまでくると狼狽(うろた)えたり観念したり豹変したりして、あとは黒いやつがアレして全部がまるく収まるんだけど、ここまでシラを切るパターンは珍しい。

「え？　沙紀ちゃん、香坂さんが犯人で合ってるよね？」と、念のために確認すると、沙紀ちゃんも「うん。暗かったけど、カーディガン着てたし、身長とか体格の感じも、香坂さんで間違いないと思う」と、返事をする。

「沙紀ちゃんもこう言ってるんだし、流石にもうシラを切り通すの無理だと思うけど」

わたしが言っても、やっぱり香坂さんは「だから、知らないって言ってるじゃない」と、一歩も譲らない。う〜ん、どうやらこれは言い争っても永久に平行線みたいですね。まあ、ときどきいるよね。どれだけ決定的な証拠を突きつけられても最後まで嘘をつき通すタイプの人。あれって嘘を言ってる途中で、だんだん自分でも自分の嘘が本当な気がしてくるんだってね？　嘘で自分を騙せるタイプはつよい。

「まあ、香坂さんが認めようと認めまいと、そんなの別にどっちでもいいんだけど」

「え？」と、香坂さんが首を傾げる。バキンッ!!　と、なにかをへし折る、硬いものを力まかせに砕く音が響いて、そのまま、首だけでなく全身がゆっくりと傾きはじめる。

「時間切れ。お迎えがきちゃったみたい」

気が付くと、いつからか周囲の文化祭の喧騒は遠のいていて、この場にいるわたしたちの他には人の気配が消え去っている。そして香坂さんの背後には、例の黒いなんだかわけの分からないものが音もなく現れている。

　ぐごおおおおおおおお!!

　ぐごごごごごおおおおおおおおおおおおおっ!!

黒い少女が低く重い唸り声をあげる。足元の黒い丸から飛び出してくる、黒くて細長いなにかが、バキバキ!!　グシャグシャ!!　と、香坂さんの身体を端から喰らう。

「え!?　ちょっとなにこれ!?　えっ!?　なによこれ!?」

身体を端から削り取られながら、香坂さんが困惑まじりの悲鳴をあげる。

「え!?　マジで意味わかんない!!　ねえ!!」

香坂さんがわたしのほうに目を向ける。目が、合う。その目は完全に恐怖に染まっている。そりゃそうだ。すこし離れた場所で見ているわたしも、なんどもこの光景を目にして見慣れているはずのわたしでも怖い。とんでもなく恐ろしい。

まして、今まさに自分の身体が端から喰われている香坂さんは、それはそれは恐ろしかろうと思う。理屈は分からないけれど、この黒いのに削り取られる人は、完全に喰らい尽くされる最後の最後まで、意識は明瞭なまま残っているようなのだ。自分の身体が黒いわけの分からないものに喰われていっているのを、自覚しているらしい。

「お願い助け」

そう言ったのを最後に、顔も黒いわけの分からないものにバキンッ!!　と、噛み砕かれて、香坂さんの声はしなくなる。すべてを喰らい尽くしたあとは、いつものように地面の黒い丸から伸びた触手みたいなものが抵抗する黒い少女を無理矢理引きずり込んで、最後に残った黒い丸もきゅぽんっ!!　と小さくなって消えてしまう。

何事もなかったかのように、すべてが綺麗さっぱり消えて、また気が付けば耳に文化祭の喧騒が戻ってきている。廊下の向こうを、たくさんの生徒が行き交っている。

戻ってきたと思う。今回もなんとか、わたしたちがよく知る、わたしたちが普段暮らしている、わたしたちが存在しているべき日常に戻ってこられたと思う。

わたしが安堵して大きく息を吐くと、横で乃亜ちゃんが「びっくりした〜。え？　なに、いまのなんだったの？　心霊現象てきななにか？」と、目を丸くしている。びっくりしてはいるみたいなんだけれど、あれだけ極限にヤバいものを見てもびっくりする程度で済んでいるこの子はやっぱりちょっと尋常ではないのでは？　とか思ってしまう。

わたしは最初の頃はアレを目にするたびに毎回、三日三晩くらい部屋で頭から布団を被ってガタガタ震えてたもんだよ。今よりもさらに心の柔らかい小学生の頃だったからっていうのもあるとは思うけれども、それを差し引いても乃亜ちゃんの安定感はヤバい。

「よーちゃんがやったの、今のやつ？　ひょっとしてスタンド使いだったりする？」

「いや、わたしがやったっていうわけじゃないよ。なんか、勝手にくるの」

うん、わたしがやっているわけではないとは思う。わたしの意志とは関係なく、あれは勝手にやってきて自動的に犯人を削り取ってしまうのだ。でも、仕組みとか理屈とかはまったく分からないにしても、わたしが犯人を指摘すると沙紀ちゃんが生き返って、その後でアレがくるっていうことを知ったうえで、そしてアレがくると犯人として指摘された相手はアレに削り取られてしまうということを分かったうえで、その一連の流れを把握したうえで、わたしは香坂さんを犯人と指摘したわけだから、完全にわたしがやったわけではないということもないのかもしれない。

引き金を引けば、相手は消える。

たぶん、死ぬ。あるいは、死ぬよりももっとひどい状態になる。

そのことを知っていてもなお、引き金を引いたのであれば、やっぱりそれはわたしがやったことなのだろう。人を殺すのは銃ではなく、人の意志だ。

「そうなんだ〜、こわいね〜」

だから乃亜ちゃん、反応が淡白すぎない？　まあいいや。なんかあの黒いのがくるときはあるていど人払いがされるみたいで、あるいは現実がちょっと異空間にシフトしてしまうみたいで、さっきみたいに無関係の人はいつの間にか遠のいてしまうものなんだけれど、乃亜ちゃんは関係者だと判断されたのか、それともなし崩してきに巻き込まれちゃったのか、いずれにせよ、あの現象を見れてしまったみたいだから、変にパニックになられるよりは落ち着いて素直に受け入れてくれたほうが楽ではある。

「沙紀ちゃんは大丈夫なの？　幽霊とかじゃないよね？　もうどこも具合悪くない？」

乃亜ちゃんはペタペタと触りまくって、沙紀ちゃんの実在性を確認する。

「うん、寝起きみたいな感じでぼーっとしてはいるけど、だいたい大丈夫だよ」

「そっか。じゃあ折角だし、ちょっと文化祭見て回る？　午後イチから死体やってたせいで、まだあんまり見てないもんね？　新体育館の二階でダンス部の発表があるよ」

「あ、うん。よーちゃんも行くよね？」と、沙紀ちゃんがわたしに訊いてくる。

「え？　ああ、そうね」と、わたしも返事をする。乃亜ちゃんが沙紀ちゃんの手を取って先に歩き始めてしまうから、わたしも昇に「ほら、行こう」って声を掛けて後を追う。

「なあ、神野」横に並んできた昇が、ちょっと声を潜めてわたしに言う。「本当に、香坂が犯人だったのかな?」

「なに言ってんの?」と、わたしは眉をひそめる。「ババーン!! 音もきたし、あの黒いやつも出てきたし、なにより沙紀ちゃん自身があのメッセージは香坂比奈子を示したものだって言ってるんだから、犯人は香坂さんで間違いないでしょ」

わたしがそう答えても、昇はまだ納得がいかないらしい。目を伏せて、顎を撫でながら言葉を選ぶようにゆっくりと、話す。

「あのダイイングメッセージが香坂比奈子を示していたというのは間違いない。でも、香坂は最後まで犯行を認めてはいなかっただろう」

うん、まあそうだね。あそこまで粘るのは、これまでにはないパターンではあった。でも、本人が認めようと認めまいと、そんなことはまったく関係なく、あの黒いやつは問答無用で容赦なく存在を削り取っていってしまう。

「ダイイングメッセージがうまく機能しない理由って他にもあって、そもそも被害者が犯人を誤認している可能性というのも完全には排除できないんだ。仮に残されたメッセージを被害者が意図した通りに正しく読み解くことができたとしても、被害者自身が勘違いして見当違いの相手を犯人としてメッセージに残してしまうこともあり得る」

「でも、沙紀ちゃんは香坂さんが犯人で間違いないって言っていたよ？」

「犯行現場は、あのお化け屋敷の中だ。光源は客が持って入る懐中電灯だけで、客がこない限りは死体役のアクターも真っ暗な中で息を潜めていることになる。蓮見はあの暗がりの中で突然襲われたんだから、はっきりと犯人を視認できたわけではないはずだ。だから、蓮見自身も〝カーディガンを着ていた〟〝体型や体格が近かった〟という傍証から〝犯人は香坂だ〟と推測したに過ぎない」

「でも、あの状況でカーディガンを着ていたのなら、やっぱり犯人は香坂さんじゃん」

そもそも暗いとは言っても、完全に遮光された真っ暗闇というわけではなかったのだ。目が慣れてくれれば、ある程度は見える。まったくなにも見えないほどじゃない。人間はそうそう、目の前の人を別の誰かと見間違えたりはしない。

「うん。まあ僕も十中八九、香坂で間違いないとは思う。熊谷いわく、他の客は全員二人組だったって話だから、一緒に入った相手を欺きながら一人で犯行におよんだっていうのはちょっと考えづらいし、二人組に襲われたのなら、いくら暗くても蓮見の証言はもっと違ったものになっただろう。客ではないのなら、犯人は元からお化け屋敷の中にいたアクターだっていうことになる」

「じゃあやっぱり、香坂さんが犯人じゃない」

配置てきにも、香坂さんは沙紀ちゃんのひとつ手前で倒れている役だったみたいだし、他のもっと手前で死体役をやっていた人が犯人の場合、香坂さんの真横を通り抜けて沙紀ちゃんのところまで行かないといけない。不可能ではないだろうけれど、リスクは上がる。香坂さんが一番やりやすいポジションにいたのは間違いない。平面図を描いてしまえば、一番近くにいて最も犯行に及びやすい位置にいた人が犯人っていうだけの、そのまんまストレートなまったくの意外性のなさだ。

「もうひとりいるだろう。誰にも遭遇せずに蓮見のところまで自由に動けるのが」

「え？　ひょっとして乃亜ちゃんのこと？　昇は乃亜ちゃんが犯人だと思ってるの？」

まあ確かに、理屈のうえでは沙紀ちゃんのひとつ手前で死体役をやっていた香坂さんと、沙紀ちゃんのひとつ奥で殺人鬼役で待機していた乃亜ちゃんとは、犯行のしやすさという点ではイーブンだ。それに、沙紀ちゃんについて「死んでいるほうが似合う」とか、なんか不穏なことを言っていたような気もする。動機もあるし、機会もある。

「けど、乃亜ちゃんと香坂さんじゃ体格が違うし、沙紀ちゃんが見間違えたとは考えにくい。他の条件まで考慮に入れれば香坂さんのほうがやっぱ濃度は濃いよ」

「だから、僕も十中八九は香坂だろうなって言っているじゃん。でも、十中八九でしかなくて、確実に香坂だと断定できるわけじゃないってこと」

「でも、香坂さんを犯人と名指しすることで、沙紀ちゃんは生き返ったじゃない」

そもそもこれだ。ババーン!!　と鳴って沙紀ちゃんが生き返ったのだから、なんであれ、それが正解なのだ。

「神野だって、もう気付いてはいるんだろ？　蓮見の生き返りは、別に推理の真実性を担保してはくれないっていうことに」

「……まあね。それを言い出すと、それはその通りなんだけど」

わたしがある程度の推理を交えて犯人を指摘する。それで当たりの判定が出るとババーン!!　と効果音が鳴って、沙紀ちゃんが生き返る。つまり誰か——人格があるのかどうかも分からないから誰かと言い切ってしまっていいのかは知らないけれど、ともかくなにか——正誤の判定を下している主体が存在しているということだ。

そいつはたぶん人間じゃない。超自然的ななにかではある。

けれども、人智を超えた存在であるからといって、それが真実を見通せているとは限らない。ひょっとすると、判定を下している主体もまた、犯人が誰だかは分からないまま正誤を判断しているのかもしれない。たんに自分が納得できる理屈が出てきたら、それで正解にしてしまっているのかもしれない。もっと言えば、そもそも犯人を指摘するということは正確な要件ではなくて、わたしが必死こいて駆けずり回っているのを面白がって、その見返りに沙紀ちゃんを生き返らせてくれているだけなのかもしれない。

真実なんて、永久に分からない。

だけど、わたしは別に真実なんかいらない。正解があればそれでいい。

「ねえ、昇。わたしは因数分解のみっつの公式が本当に真実かどうかなんて知らないよ？　でも、それを使えばテストで正解はできる。わたしはわたしが勉強してきた因数分解がまったくの嘘っぱちだったとしても別に困らない。それで問題に正解してテストで点がとれて、試験をクリアできるならそれでいいの」

目的を間違えてはならない。わたしは真実を詳らかにしたいわけじゃなくて、沙紀ちゃんを生き返らせたいだけなのだから。

結果的に沙紀ちゃんが生き返るのであれば、どんなものであれ、それがわたしにとっての正解だ。たとえそれが真実でなかったとしても。

「もしかしたら、それであのわけの分からない黒いなにかに、関係のない人が喰われてしまっているのかもしれないとしても？」

「昇はショッキングな場面を見て、ちょっとナーバスになっているだけだよ」

たしかにそれが間違いなく完璧に確実な真実であると言い切ることはできないかもしれないけれど、たぶんわたしの推理に根本的な間違いはなかったはず。犯人は香坂さんで合っている。わたしにはその確信がある。

「でも、その可能性はどこまでも排除できない。もしかしたら、僕たちはとんでもない思い違いで、これまでも何人も無関係な人を消してきたのかもしれない」

「だって、他に選択肢なんてないじゃない」

現状、死んだ沙紀ちゃんを生き返らせる方法は他にないのだから、沙紀ちゃんが殺されるたびにわたしが犯人を指摘して生き返らせるしかない。そのせいで、わたしに犯人と名指しされた人が削り取られてしまうのは仕方がないと思う。

香坂さんが本当に犯人だったら、まあいろいろと不都合が少ないだろう。それは勧善懲悪の物語であり、破邪顕正（はじゃけんしょう）の筋書きであり、因果応報のストーリーだ。

けれど、これがもし香坂さんがまったく無関係の人で、香坂さんをあの黒いわけの分からないものに差し出すことでかわりに沙紀ちゃんが生き返るのだとしたら、わたしは自分の願いのために香坂さんを生贄（いけにえ）にするだろうか。

答えはイエスだ。

香坂さんが殺人を犯した悪人であろうと、そうでなかろうと、かわりに沙紀ちゃんが生き返るのであれば、わたしは迷いなく差し出す。香坂さんと沙紀ちゃんを天秤にかけたら、沙紀ちゃんのほうを選ぶ。

わたしは沙紀ちゃんが好きで、沙紀ちゃんはわたしにとって大事な人だから。沙紀ちゃんを守るためなら、わたしは平然と邪悪にも手を染めるだろう。

だから、引き金を引いたのはやっぱりわたしだ。わたしはわたしの意志で、香坂さんをこの世から消した。そのことからは、逃げるべきではないのかもしれない。

「まあ、神野がそれでいいって言うのなら、僕も別にいいけど」

最終的には、昇もそう言って肩を竦めて、いつもの興味なさそうな眠たげな表情に戻っている。すこし前を歩いていた乃亜ちゃんが振り返って走ってきて、腕を水平に伸ばしたキーンのポーズで体当たりしてくる。

「よーちゃん、なに難しい顔してるの～？　あ、ひょっとして、ジェラった？」

あ、なに？　乃亜ちゃんが沙紀ちゃんと手を繋いで歩いてた件？　いや、一向にジェラってないし。ていうか、なんでそんなに嬉しそうなの。あ、デフォルトか。

「さっきので変に時間取られちゃったから、もう残り少ないよ？　ほら、せっかくなんだし文化祭を楽しまないと。高校一年生の文化祭は、もう二度とこないんだから」

や、その切り替えの早さもそれはそれでヤバいけどさ。ひょっとして、やっぱり乃亜ちゃんが真犯人だったりするんじゃないかな？　とか、一瞬思う。

でも、乃亜ちゃんの言う通りだ。終わったことは、もう終わったのだから、今さら後悔しても仕方ない。これから先を存分に楽しんでハッピーな思い出を作らなければ。

だって、青春まっただなかの高校一年生だもの。高校一年の文化祭は、やっぱり底抜けにハッピーじゃないと辻褄が合わない。どれだけ怖い意味の分からない化物でも、どんなに恐ろしい非日常でも、高校一年生てきな底抜けにハッピーな青春の光の前では、あっという間に風化してしまうものだ。そうあるべきなのだ。

たとえ、わたしたちのこの非日常な日常が、柄杓で水を必死に掻きだし、積み荷をボンボン後ろに捨て去ることで辛うじてなんとか浮いているだけの沈みかけの泥船だったとしても、わたしはこの船で行けるところまで行く。憧れのコージーでミステリーな日常系の高校生活を、そう簡単に諦めてやるわけにはいかないのだ。

# 幕間2　引き続き

## 沙紀ちゃんのこと

わたしは沙紀ちゃんのことが好きだから引き続き沙紀ちゃんの話をするんだけど、ねえ、ちょっと聞いて？　ほら、わたしは子供の頃、沙紀ちゃんのことを天使かなにかなんじゃないかって、わりとマジで考えていたって話はしたでしょ。

でも、昇は当時から今とそんなに変わらない系の淡白なやつで、わたしがそういうことを言っても、ちょっと困ったみたいな顔して「そんなわけないよ」って感じの反応だったわけ。あれ、なんか今またなにかのシーンが思い浮かんだんだけど、なんだろう？　わたしこれ、めっちゃ泣いてるじゃん。めちゃくちゃ泣きながら「沙紀ちゃんは天使かなにかだと思った」って昇に主張してるじゃん。え、なにこの場面？

近くに鳥居がある気がするから、場所は例の神社の長い石段の下かな？　周囲の状況がよく分からないのは、わたしの記憶が薄れているせいじゃなくて、たんに暗いのか。

まあいいや。子供の頃の記憶なんて曖昧なもので、ママに「旅行でここに行ったことあったでしょ？」みたいなことを言われてもまったく覚えてなかったりするのに、逆にどうでもいいようなことが妙に鮮明に記憶に残ってたりするもんだよね。

あの頃は、わたしと沙紀ちゃんと昇で、近所の神社の境内でよくボール遊びとかして、なにが楽しかったのか今では全然思い出せないんだけど、でもほとんど毎日のようにあそこに通っていたから、たぶん楽しかったんだろうね。まだ、沙紀ちゃんも今みたいな殺され癖（なんだそれ？）はなかったから、呑気なものだったし。

地面に線引いてボールをぶつけ合ってた気がするから、あれはたぶん中当てだったのかな？　そうそう、昇の投げたボールがわたしの頭に思いっきりぶつかって、けっこう本気で痛くて、それでたぶん「あいたっ!!」って言おうとしたんだけど、間違えて「わいたっ!!」って叫んじゃったことがあったんだよね。

沙紀ちゃんは普段は面白いことがあっても微笑む程度なのに、その時はなにかがハマッたのか、珍しく顔をくしゃくしゃにして声をあげて爆笑しててさ。聞き流してくれればいいのに「よーちゃん、いまわいたっ!!　て言わなかった？」って訊いてきて。それがすごく恥ずかしくて、今でもよく覚えているし、寝しなに唐突にフラッシュバックしたりするの。その場面だけを鮮明に覚えていて、前後の繋がりとか状況とかはすごく曖昧だし、マジでなんの記憶だよって感じなんだけど。

さっきのなんかよく分からないやつも、その類なのかな？　昇の目の前でめっちゃ泣いちゃって恥ずかしかったから、よく覚えているのかもしれない。恥ずかしい思いをした経験って、他の感情よりも妙に記憶に強く残るような気がする。

わたしだけじゃなく、学校でもみんなが沙紀ちゃんのことを見ていた。わたしみたいに露骨にジーッと見つめているのはさすがに稀だけれど、沙紀ちゃんがちょっと席を立ったりくしゃみをしたりするだけで、みんなが一瞬そっちを見るのね。たぶん無意識に。沙紀ちゃんが声を出すと誰もが自然と耳を傾けていて、でも自分から沙紀ちゃんに話しかける人はあまりいないから、お喋りって感じにはあんまりならない。ただ沙紀ちゃんがわたしに喋りかけている声を、傍で聴いているだけなの。まるで静かに説法に耳を傾ける敬虔な使徒たちのようで、その喩えでは沙紀ちゃんはキリストのポジションだ。

もちろん、沙紀ちゃんはキリストでも神様でもなんでもなくて、ただ異常に綺麗な顔と身体で生まれてきただけの、それ以外は他の人と変わるところがない人間だってことは、今ではわたしも理解している。どれだけ顔が綺麗でプロポーションが芸術的に美しくて、性格も良くてぜんぜん怒らなくていつもニコニコと微笑んでいて、その笑顔がこの世のあまねく邪を根こそぎ祓（はら）うほどの圧倒的な善さに満ちていたとしても、それはただそれだけのことに過ぎないんだってことは。

だけど、それだけに過ぎないことが、ときに周囲の人間を大きく狂わせてしまうこともあって、沙紀ちゃんにはなんの非もなくても、ただ美しく生まれてしまったということが他人の悪意を引き寄せてしまうこともままあって、沙紀ちゃんの人生は、常に他者からの強い悪意や害意に満ちた、わりとロクでもないものになっている。

だから、あの時点。まだ沙紀ちゃんに殺され癖が発症してなくて、全力でボールをぶつけあったり、間違えて「わいたっ!!」って叫んじゃったり、それで沙紀ちゃんがめちゃくちゃ爆笑してたりとかの、なんの屈託もなく一緒に楽しく遊んでいられた頃の記憶が、わたしにとって一番の大切な思い出だ。

いや、言っててわたしも、いまのいままであんまり思い出すこともなかったんだけどさ。え？　でもわりと人間、そんなもんじゃない？　大切なものって胸の一番奥深いところに大事に大事に仕舞いこんじゃって、そんなに頻繁には見返さないものだよ。

具体的に誰からどんな悪意を向けられたのかっていう話になると、例のあの黒いアレの現実を均す作用のせいで記憶が曖昧で、うまく思い出すことができないんだけど。ある時を境に、沙紀ちゃんはやたらと誰かに殺されちゃうようになっちゃったし、わたしと昇は沙紀ちゃんが殺されるたび、その犯人をひとり残らず指摘してきたから。

わたしに犯人として名指しされた人は全員、黒いわけの分からないものに存在を削り取られて、やがて思い出すこともできなくなってしまったから。

でも、沙紀ちゃんが生き返っても、犯人がその存在ごと、この世界から消えてなくなってしまったとしても、沙紀ちゃんが殺されたということじたいも完全になかったことになるわけじゃない。殺されたときの痛みとか苦しみとか恐怖の記憶は、ちゃんと沙紀ちゃんの中に残っていて、たとえば犯人の顔だとか名前だとか、そういう具体的な情報は均されて消えていくとしても、他者から強い殺意を向けられたという恐怖は、繰り返すたびに沙紀ちゃんの中にきっちりと蓄積されていて。

それなのに、どれだけ他人からの強い悪意や害意に晒されても、曇ることなく腐ることなく、自分から悪意を振りまくことなく、変わらず真っ直ぐでい続けられる沙紀ちゃんの意志の力は本当に凄くて、尊くて、想像するだけで震える。想像を絶している。

えっと、なんの話がしたかったかっていうと、わたしにとって沙紀ちゃんはとても大切な友達で、友達って言葉だけではとてもじゃないけど、すべてはカバーしきれないくらいに特別な存在で、だからわたしはなにがあったとしても、どれだけ強い悪意を向けられたとしても、全力で沙紀ちゃんのことを守らなきゃいけないし、沙紀ちゃんが屈託なく笑っていられるような平穏な日常を維持しなければいけないなって、そういうことをかたくかたく決意しているわけです。

# 第3話 六月は定番の糸トリック

こうも続くとどっちかっていうと「やっぱりな〜」って感想のほうがつよいんだけど、えいやっ！　と扉を蹴破ったらやっぱり沙紀ちゃんが首から血を噴いて死んでいて、予想はできてたとはいえ、ちゃんと「ちくしょ〜っ!!」って気持ちになる。

窓から西日が射しこむ第二理科準備室で、沙紀ちゃんは扉側に背を向けて机に突っ伏して死んでいる。ヤバいくらいに血を噴きだしている以外は、まるで勉強の途中で居眠りしてしまったみたいな恰好だ。足元には、血塗れのカッターナイフが落ちている。

「あちゃ〜、沙紀ちゃんまた死んじゃったか〜」って、乃亜ちゃんがわたしの身体の脇からぴょこりと顔を覗かせて呟くんだけど、いつものこととはいえ、いくらなんでもノリが軽すぎてちょっと、いや、かなりイラッとする。

「あのさぁ（ハァ……ハァ……）乃亜ちゃんももうちょっと（ハァ……ハァ……）なにか言いかたがあったり（ハァ……ハァ……）しない？」と、わたしがあがった息を整えながら言うと、乃亜ちゃんは「あ、ごめん。よく言われるんだけど、これでもちゃんと悲しんでるしびっくりもしてるんだよ？　わたし、そういうのがあまり顔に出ないタイプなんだよね」と、いつもの平板なにこにこ顔で返事をしてくる。

さいですか。まあ、今は乃亜ちゃんのキャラにイラついている場合ではない。ていうか、乃亜ちゃんもわたしと同じだけダッシュしたはずなのにまったく息乱れてないのは、なんでなの？　実は身体能力めちゃくちゃ高かったりしない？

「そんなっ‼　まさか蓮見さんが自殺するなんて⁉」って、新登場キャラの楓ちゃんまで、言葉だけはそれなりに驚いている風だけど、表情はそのままだし、なんかカンペに書いてある台詞を読みあげているみたいな感じで、実際のところは別にぜんぜん驚いてもいないっぽい。ひょっとして最近の女子高生ってみんなこんなもんなのか？　とか思っちゃう。いや、絶対にそんなことないでしょ。人が死んでるんだよ？　普通はもっと驚いたり戸惑ったりするもんでしょ。なんでそんなメンタル低重心水平対向シンメトリカルAWDみたいなキャラばっかりなのよこの高校。しかも、やっぱりまったく息あがってないし。ひょっとして、わたしが異常に体力ないだけなの？

「あ、わたしは弓道をやっているので」と、楓ちゃんは道着の胸元をちょっとつまんでみせる。このあと部活に行くつもりだったらしく、すでに道着に着替えているし、部活バッグと弓袋も背負ってるしで、とても分かりやすく弓道部員だ。

「弓道というのは、ほぼメンタルスポーツですからね。精神の安定性が技量に直結するので、あまり心が揺れないように普段から訓練しているのです。わたしも熊谷さん同様、これでも悲しんでいるし、びっくりしているんですよ。すみません、反応が薄くて」

ええ……なにその雑な設定。いくら弓道で精神鍛錬(たんれん)を積んでいるからといって、同級生が首から血を噴いて死んでいる場面に遭遇しても1ミリも取り乱さないのは、さすがに説得力なさすぎじゃないかな。どんだけ万能なのよ弓道。

「だって、楓ちゃんはすごいんだよ〜。中学のときは総体とかも出てて、たしか全国何位！　とかそれぐらいなんだから。あんまり知らないけど」

適当かよ。乃亜ちゃんってマジで顔のかわいさだけでどうにかなってるタイプだよね。

「それに、寺生まれだし」

いや、いまの話に寺生まれ設定なんか関係ある？　ていうかそうじゃなくて。

「自殺なんかじゃないよ。沙紀ちゃんは絶対に自殺したりしないもの」

腕を組んで憤慨をアピールしながらわたしが言うと、乃亜ちゃんはあざとく首を傾げながら、唇に指を当てて「え〜、そうかな？」とか言う。その仕草がいちいち、自分のかわいさをちゃんと自覚しているっぽくて、またイラッとする。かわいいなちくしょう。

「なんか話聞いてるとさ、沙紀ちゃんってもうずっと、あり得ないくらいに人の悪意とか殺意とか害意とかに晒され続けているわけじゃん？」

確かに。沙紀ちゃんは最初の転落死に始まって、刺殺に撲殺に殴殺、扼殺、果ては首を切られて逆さに吊るされたりと、いろんな人から、ありとあらゆる方法で殺されてきたのだ。普通だったら、いい加減に気持ちが折れててもおかしくはない。

乃亜ちゃんは前回の事件でなし崩してきに沙紀ちゃんとか、沙紀ちゃんを含めたわたしの事情とかを知ってしまっているし、沙紀ちゃんと同じクラスで普段から仲良くしているみたいだから、もうだいたいのところは把握しているようだ。

「わたしも沙紀ちゃんはメンタル強いタイプだと思うから、自殺はしないかなって気がするけど、絶対にしないとまでは言わないよ。生き返っても生き返ってもなんども殺されるなんてしんどいし。沙紀ちゃんだって人間なんだから、追い込まれたら気の迷いてきな感じでフッと自殺したくなることも、あってもおかしくないんじゃないかな？」

まあ、そういうのもまったく分からないわけじゃないけれど。

「ないない。しないって」と、わたしは乃亜ちゃんの言葉を即座に否定する。

沙紀ちゃんは自殺しないし、だいたい、これが仮に自殺だとすると、困るじゃん。

誰かに殺された場合は、その犯人をわたしが指摘することで沙紀ちゃんが生き返ることが判明しているけれども、自殺の場合はどういう判定になるのかが分からない。その場合は真犯人は沙紀ちゃん自身であると言えなくもないけれど、わたしがその真相を看破することで沙紀ちゃんが生き返ったとしても、生き返った途端に今度はあの黒いなんだかよく分からないやつに沙紀ちゃんの存在が削り取られることになってしまう。

それじゃあ生き返らせた意味がない。

「う〜ん？　でもその可能性を微塵（みじん）も考慮しないっていうのもなんだか不健全な気がするけどね。この世の中で絶対って言えることなんて、人はいつか死ぬとか、エントロピーは増大し続けるとか、時間は一方向にしか流れないとか、ある公理のうえに構築した論理体系には必ず矛盾が含まれるとか、そういうことだけじゃない？」と、乃亜ちゃんは下唇に人差し指をあてて、視線をすこしうえに泳がせる。思い出したように「あとは、死んだ人間はもう生き返らないとか」と、付け足す。

「絶対って言葉をつかう場合、大抵はそこに自分の願望が充塡されているものだよね。それは、よーちゃんがそうであってほしいと願っているだけのことでしょう？」

うおぅ。相変わらず、ゆるふわムードのまま本質を突いてくるなぁ。実はかなり性格悪かったり、心に闇を抱えてたりするでしょ乃亜ちゃん。まあ、言い分は至極ごもっともではある。ごもっともなんて所詮はごもっとも程度のことでしかないけれど。

「あの、話の途中で申し訳ないのですが、またとかなんどもって、どういうことなんでしょうか？」と、楓ちゃんが怪訝そうな顔で口を挟んでくる。あ、そうだ。慌ててすっかりスルーしちゃってたけど、この子は事情を知らない新キャラなんだった。

うーん、たぶんだけど沙紀ちゃんの特性みたいなのがあんまり知られちゃうのも良くはないんだよね。殺されても生き返るとか、公になっちゃうといろいろと面倒な気がする。でも、こうして居合わせちゃった以上は完全に隠すのももう無理っぽいけど。

さて、どう言ったものかとわたしが思案している間に、乃亜ちゃんが「ものすごく端折って説明すると、沙紀ちゃんって殺されてもよーちゃんが推理して犯人を当てれば生き返る体質みたいなんだよね」と、超ざっくり説明しちゃう。

「なるほど」と、楓ちゃんが頷く。

なるほどで納得していいのか、そこ。いくらなんでも受け入れ力高すぎない？　って、わたしが口をへの字に曲げていると、訝しげな視線に気が付いたのか、楓ちゃんは無表情のまま手を広げて「ああ、また驚きが足りませんでしたか？　でも、わたしはたんに、そういう普通じゃないこともこの世界ではときどきあり得るってことを元から知ってるだけなので」と、なにかの釈明みたいに言う。

「寺生まれですから。とは言っても、死んでも生き返る人っていうのはさすがに初めてのケースなので、それが本当ならわりと驚きますけど」

　寺生まれ設定、無敵すぎない？　まあ、無暗に取り乱されるよりは落ち着いててくれたほうが助かるんだけど。なんか調子狂うなぁ。

「そうそう。楓ちゃんって、なんかそういう系の専門家なんだよね」と、横から乃亜ちゃんが口を挟んでくる。わたしがそちらに半目を向けて「そういう系って？」と訊くと

「えっと、陰陽師（おんみょうじ）だか悪魔祓いだか霊能力者だか、なんだったかは忘れたけど、なんかそういう系の。つまり、怪奇現象とか超常現象てきな事件についての専門家？」と、ひどく曖昧な返事をする。なんで自分で言ってて最後が疑問形なのよ。

「境界は仲介者（メディエーター）と呼んでいます。わたしは個人的には、拝み屋と名乗っていますが」

「拝み屋」

　なんか陰陽師や悪魔祓いに比べると、一気に庶民的な響きになったね。あんまり強そ

うではないけれど、親しみやすい気はする。境界ってのはよく分かんないけど、なんかそういうのの元締めてきな組織って感じかな？　と、文脈から勝手に推測する。

「そのへんの取るに足らない魑魅魍魎程度であれば、場合に依っては力ずくで祓うこともできますが、基本的にあれらは雨や風と同じ、ただあるようにしてあるだけの現象なので、退治できるようなものではないのです。お互いに影響しあっているので、川の水を一か所堰き止めたら別の場所で洪水が起きてしまったりするように、下手に祓うと余計により悪いものを呼び込んでしまうこともあります。わたしたちはただ、交渉するだけ。拝んで、お願いして、あれらに自分で離れて頂くのです」

「え、なにそれ。うさんくさい」

　わたしが反射的にそう言い返すと、乃亜ちゃんは「死んで生き返る体質のほうがよっぽどうさんくさいよ？」と、首を傾げる。正論すぎて、ぐうの音も出ない。

「楓ちゃんは、それで実際に事件を解決したりもしてるしね。この間も神隠しに遭って行方不明になってた男の人をひとり見つけたんだよ。ほら、このへんって山がちな地形じゃん？　で、やっぱ神隠しって主に山の近くでよく起こるみたいで、昔から結構あるらしいんだよね。たしか、よーちゃんの家のほうでも昔、男の子がひとりいなくなったことがあったんじゃなかったっけ？」

乃亜ちゃんがそう言って、わたしが返事をする前に、楓ちゃんが「まあでも、結果的に言えばあの事件は怪奇現象絡みではなかったんですけれど」と、答える。

「あ、そうそう。いなくなってた男の人、結局見つかりはしたけれど、記憶を無くして生気が抜けたみたいになっちゃったんだっけ？　神隠し事件って、そういうテンプレあるよね。しばらくして戻ってきたけど魂が抜けちゃってた〜てきな」

う〜ん？　それってなんか、西洋の取り替え子のエピソードと混じっちゃってない？　あれは自分の子供がいつの間にか妖精と入れ替わってるんだっけ？

「今回のケースでは、因果が逆です。事故で頭を打って脳に損傷を受けた結果、自分がどこの誰だかも分からないまま山を彷徨っていたのです。脳の機能の故障なので、本人の中でどういう思考があったのかハッキリとは分からないのですが、誰かに助けを求めるという方向ではなく、逃げようとか隠れようというほうに考えが向いたみたいで。こちらがどれだけ探しても、探せば探すほど、本人は危機感を抱いてわけも分からないまま捜索から逃れようとしていたのです。記憶や社会生活に関わる機能だけが損傷して、運動機能には影響がなかったので、そういうことになってしまったのですね。いちおう確保はできたので最悪のケースだけは避けられましたが、痛ましい話でした」

ああ、なるほどね？　わけも分からないまま自分から行方不明になっているわけで、大まかに言えば身体は超元気な認知症みたいなものか。たしかにその場合、傍から見れば神隠し現象に見えるかもしれない。

「ふーん。神隠しって言っても普通に普通の？　事故だったんだ？」

と、乃亜ちゃんが訊くと、楓ちゃんは「はい」と、頷く。

「境界を通じて、怪奇現象かと疑われている事例がわたしのところに持ちこまれてくるのですが、実際に調査してみると、そのうちの九割以上はただの事故や人間が引き起こした事件だったりします。本当の怪奇現象なんてめったにないんですよ」

「じゃあ、昔から神隠しなんて言われてたのも、大抵はそういう話だったのかもね」

「とはいえ、昔から神様や霊というのは生贄や依り代として子供を求めたがるものですから、なにかよくないものが人間の子供を連れ去ってしまうというのは、ない話ではありません。あれらは実体を持たない現象に過ぎないので、自分の存在をより強固にするために物理的な実在を求めるのです。そういったケースでは、なんとか身体を取り戻しても、そこに入るべき魂がなく抜け殻のようになってしまうということも実際にあったようですね。でも、いつの時代もわたしたちの知る現実のルールで説明可能な事件と、本当の怪奇現象の比率は、同じようなものではないでしょうか」

え、なんかふたりの間で話が進行してて、全然入れないんだけど。いや、別に敢えて入りたいような話題でもないけど。

なんとなく雰囲気で楓ちゃんがそういう怪奇現象専門の探偵みたいなポジションで、しかもそれなりに有能っぽいっていうのは把握できたし、話じたいはそれなりに興味深くもあるんだけど、別にいまその話じゃなくてもよくない？　目の前の事件に集中しようよ。

「ああ、ごめんなさい。神野さんは、蓮見さんの死は自殺ではなく殺人事件だと考えているんですよね。これまでにもなんども同じようなことがあったから、また悪意ある誰かに殺されてしまったのだろうと。つまり、今のところはなにか根拠があっての判断ではなく、経験的にそう推測しているということですか？」

うん。言ってすぐに目の前の事件に集中してくれるのは、とても素直で非常に助かる、怪奇現象専門とはいえ探偵てきな活動をしているだけあって、事件に集中しだすとそれはそれで話の展開がはやい。それに、変に騒がれるよりはスルッと事情を理解してくれたほうが、なにかとやりやすいのは間違いないんだけど、でも乃亜ちゃんも何気に真理を見通してるタイプだし、人物配置てきに探偵役が多すぎる気はするね？

「そもそも論なんですが、そんなに死にやすい……というか、殺されやすいたちの人なら、それこそこんな風に呑気に高校になんか通っていないで、もっと安全なところに籠っていたほうがよかったのではないでしょうか。殺されたら生き返らせるという運用よりも、そもそも殺されないことを心がけるほうがベターな選択だと思いますが」

それもまあ、ごもっともな意見のひとつではある。

わたしもなるべく沙紀ちゃんが殺されてしまわないようにって、目を配ったり注意をしたりして、被害をできるだけ未然に防ごうっていう意欲はあるんだけれど、乃亜ちゃんにストーカー並みとか言われちゃうレベルで沙紀ちゃんの周りをウロついてはいるんだけど、だからといってマジで常にべったり一緒にいるわけにもいかないし、沙紀ちゃんの自由を制限して、安全なところに閉じ込めておくっていうのも論外だ。

「それじゃダメだよ」と、わたしは言う。「それじゃあ、結局は悪に屈していることになってしまうもの」

わたしたちの日常生活というのは、大部分が「他人を信用する」ということで成立している。夜道をひとりで歩いていても、いきなり後ろから襲われて殺されるなんていうことは普通はないし、エレベーターで知らない人とふたりきりになったとしても、突然その人が豹変して襲い掛かってくるかもなんていうことは、想定しなくていい。

他人をまったく信じないでいると、日常のあらゆる面においてコストが高くつく。特に沙紀ちゃんの場合、危なそうな場所とか怪しそうな人にだけ気をつけていればいいという話じゃない。誰が突然に豹変したとしても不思議ではないのだ。あの美術教師だって、あのカーディガンの同級生だって、特別に危険な雰囲気だったわけじゃない。

完全に被害を未然に防ごうとするならば、あらゆる他人との接触を避けるしかない。それは事実上、普通の日常生活を送ることを諦めるということだ。

でも、わたしたちは普通の高校生で、普通の高校生として普通の高校生らしく普通に生きる正当な権利があるのだ。この世界は沙紀ちゃんにとって、悪意に満ちた最悪の場所なのかもしれないけれど、かといってそれで過度に委縮して本来あるべき普通の生活を投げ出してやるわけにもいかない。わたしたちは意地でも、コージーで日常系な普通の高校生をしなきゃならないのだ。

「あはは。悪に屈するわけにはいかないとか、普通に生きてたらなかなか聞く機会のない台詞だよね。よーちゃんかっこいい。正義の味方みたい」

乃亜ちゃん、ぜったいに思ってないよねそれ。

「でもさ、それって飽くまでよーちゃんの考えであって、沙紀ちゃんもそう思ってるかは分かんないよね？　悪に屈するわけにはいかない！　どれだけ悪意に晒されようともわたしたちは絶対に普通の高校生として生きるのだ！　って、けっこうしんどいと思うよ？　悪と戦うのって、つらいじゃん。誰にでも求めていいことじゃないよ」

そう言って、乃亜ちゃんは手を後ろで組んで、こんどは首だけじゃなく腰からうえの身体全体を傾けて、上目づかいにわたしを見る。「ね？」のポーズ。

「なんどもなんども殺されて、なんども人間に恐怖して、失望して、絶望して、それでもなんどでも生き返らされちゃって、そのうえ悪に屈するわけにはいかない！　って、正しくあることを強要されるなんてさ、それこそ地獄じゃん。なんども苦しめられて死んでは生き返るって、地獄にそういう場所があった気がするし。よーちゃんの言っていることはある側面では正論なのかもしれないけれど、正論ってときどきすごく暴力的で、人を追い込むこともあるんだよね。よーちゃんのその正論が、沙紀ちゃんを自殺にまで追い込んじゃったとかさ、すこしも考えない？」

ポーズそのものはかわいいけれど、言っていることはめちゃくちゃハードだ。

「ひょっとしたら、沙紀ちゃんはもう生き返らせてほしくないのかもしれないよ？　もう生き返らせてほしくないから、自殺するしかなかったのかもしれないじゃん。だって、誰かに殺されている限りはよーちゃんが生き返らせちゃうけど、生き返らせるために犯人を当てなきゃいけない以上は、自殺しちゃえば詰みだもんね。なんども殺されては生き返る際限のない地獄を終わらせたければ、沙紀ちゃんはもう、自殺するしかない」

うんまあ、実際のところ自殺の可能性を完全に棄却することはできないのかもしれないけれど、わたしが逆に沙紀ちゃんを追い込んでしまっている可能性だって、なくはないのかもしれないけれど、かといって自殺と断定するほどの情報もまだないわけだし、今はまだ自殺ではないと仮定して物事を考えてみても別に構わないはずだ。そのはずだ。

って、わたしが乃亜ちゃんに言い返せずにグルグルと考え込んでいると、横から「素晴らしいです!!　確かに、悪に屈するわけにはいきませんからね!!」と、楓ちゃんから思わぬ援護射撃が飛んでくる。

「罪もない善良な人々が悪に脅かされていいはずがない。神野さん、わたし感動しました!!　弱き人々の平和な日常を守るため、正義の実現のために共に戦いましょう!!」

ええ……。楓ちゃんって、なんか正義感とかが暴走しちゃってるタイプの子じゃん。積極的に協力してくれるのはありがたいんだけど、これはこれで大丈夫かな？　あと、真顔のままそのテンションは顔と勢いが一致してなくて、なんか不安になっちゃうね？

勢いにわたしが若干引いていると、うしろで昇が「人がなにを考えているかなんて、いくら他人同士で話し合ったところで結論は出ない。一番簡単なのは、蓮見を生き返らせて直接話を聞くことだ」と、言う。「推理なんか事実が勝手にしてくれる」

昇は第二理科準備室に入るや否や、とくに驚くでも悔しがるでもなく冷静に、沙紀ちゃんの死体とその周辺の状況を検分していた。そうだ。あれやこれやと推理するのは後まわし。まずは調べれば分かることを確定させていかなければならない。そのことはなんども確認してきたはずなのに、やっぱりついつい忘れがちになってしまう。どうにも人間は本質的に、調べるより先にあーでもないこーでもないと、あれこれ推理したがる傾向があるようだ。それはあまり、賢い態度ではない。

「刃についている血はぜんぶ、ただの返り血だろう。これで実際に首を切ったのだとしたら、刃にもっと脂分が付着していないとおかしいし、それにカッターナイフにしては切り口が鈍い。切ったというよりも力ずくで毟りとったみたいな、動物に食いちぎられたような傷口だ。ひょっとすると、凶器は大きなハサミとか……いや、ペンチか、ボルトクリッパーみたいな大きな力を出しやすい工具かもしれない」と、手を触れないように腰を屈めて顔を近づけ、床に落ちているカッターナイフを調べながら、昇が言う。

つまり――「少なくともそのカッターナイフは、凶器ではない」と、わたしは言う。

「よかった。やっぱり自殺じゃなくて、沙紀ちゃんは誰かに殺されたんだ」

殺されてよかったってのもおかしな話なんだけど、でも殺されたのならまだ取り返しがつく可能性もあるからね。

「というわけで、また沙紀ちゃんを生き返らせるために推理して犯人を当てないと」

わたしが言うと「あ、やっぱそれやるんだ?」と、乃亜ちゃんがまた逆方向に首を傾げる。なんだろう? 首のすわりが悪いのかな? 赤べこみたいでおもしろいね?

「そりゃそうでしょ。だって、犯人を当てないと沙紀ちゃん生き返らないし」

「え~。でも死んじゃった人を生き返らせるってのも、あんまり良くないんじゃない? ゾンビみたいだし。それに、犯人探すのもけっこう大変だし。なにより、犯人は誰だ～! なんて、目を尖らせて人を疑ってばっかりいると嫌われちゃうよ?」

え～、なにその女子のコミュニティ理論。ことが殺人なんだから、嫌われちゃうよ?

とか、そういう次元の話ではないでしょ。だいたい、わたしは沙紀ちゃん以外の人に好かれたいなんて最初から思ってないし。

「そもそもさ、なんでよーちゃんはそんな大変な思いをしてまで、なんどもなんども沙紀ちゃんを生き返らせてるの？　よーちゃんだって、その過程で嫌な思いをしたこと、たくさんあると思うんだよね。誰々さんの素敵なシャーペンがなくなりました〜犯人を探しましょう〜とかもさ〜。わざわざLHR（ロングホームルーム）の時間まで使ってクラス全員を拘束して深追いしても、良い結果になったことってないじゃん。犯人が見つかったところで、結局はみんな嫌な気分になるだけだもの。犯人探しって、普通はあんまり積極的にはやりたくないものじゃない？」

「や、シャーペンと命じゃ話がぜんぜん違うでしょ。友達の命はそうそう簡単には諦められないよ。だって友達だし、わたしは沙紀ちゃんのことが好きだから」

「な〜んだろうな〜？　なんかそれもあんまり納得できないんだよね」と、乃亜ちゃんは両腕を広げて右に左にリズミカルに揺れる。これは、な〜んだろうな〜？　を表現するモーションらしい。ていうか、今日はやけにわたしに絡むね？　なに？

「よーちゃんって沙紀ちゃんのことを好き好き言ってるわりには、なんかその好きが空虚だよね。あんまり伝わってこないというか、沙紀ちゃん本人を見てない感じがするというか。好きにしては、沙紀ちゃんの死体をトイレの掃除用具入れに乱雑に放り込むことには躊躇がなかったりとか、なんか行動がちぐはぐだし」

え、いやあれは、状況的にやむを得なくない？　わたしも別に好きで沙紀ちゃんの死体を掃除用具入れに雑にボコーンッ!!　とブチ込んだわけではないよ。

「う〜ん？　でも、そういうところでちょっとした躊躇とかが出ちゃうのが人間の感情ってものでしょ？　好きって感情の話じゃん、普通は。機械じゃないんだもの。たとえ、あの状況ではそうすることが一番理にかなっていたのだとしても、色々な感情が邪魔をして即座にはそれを選択できないっていうのが、人間が本来持っている揺らぎでしょ。よーちゃんの好きって、感情っていうよりも言葉でしかないっぽくて、むしろ、自分に言葉でそう言い聞かせているみたいだもの。よーちゃんって、好きっていう語をあてるとその人のことが好きであるように振る舞うし、友達っていう語をあてると友達とはこうあるべしみたいになっちゃって、なんか思考が言語に縛られている気がするよね。いや、言語で自分の思考をうまくコントロールしてるってことなのかもしれないけど」

うーん？　わたしの好きが口先だけとか軽いとか気持ち乗ってないとかそういうこ

と？　いや、そういうのを他人から評価される筋合いもないと思うんだけど。自分が誰をどれくらい好きになって、どう行動するかなんて、自分で勝手に決めるもんでしょ。

「いや、普通は気持ちって自分で決めるんじゃないんだよ。自然にそういう気持ちになるの。なーんか不自然なコントロールを感じるし、それに、偶像化？　神格化？　なんて言うのか分かんないけど、そういう系の、沙紀ちゃんと同じ階層に立ってないっぽさがある気がする。沙紀ちゃんは、まあちょっと普通じゃないレベルで綺麗な女の子だけどさ、でもそれだけのことだよ？　わたしたちと同じ普通の女子高生だよ」

踏み込んでくるなぁ。そりゃあわたしも、沙紀ちゃんに対してそういう気持ちがまったくないわけでもないけど、でも相対的に言えばそこまででもない気がする。なにしろ付き合いが長いから、いくらめちゃくちゃ綺麗だっていっても見慣れてはいるし。

それに、わたしたちくらいの年齢の女の子にとって「ちょっと普通じゃないレベルで綺麗」っていうのは、なかなか無視できない巨大なステータスじゃない？　過度に綺麗な女の子の前でも自然体のニュートラルな自分でいられる人ってそんなにいない気がする。少なからずの卑下とか崇拝が混じってしまうのは避けられないし、乃亜ちゃんみたいに誰が相手でも常にフラットでいられる唯我独尊タイプの人のほうがレアだと思う。

「熊谷さん！　神野さん！　そんなことより、いまはまず現場をしっかり観察しましょう!!　犯人がなにか重要な手がかりを残しているかもしれません!!」

後ろから楓ちゃんに言われて、おお、そうだそうだと、乃亜ちゃんのことはとりあえずいったん脇に置く。わたしと沙紀ちゃんの関係がなんの歪みもない完全無欠の健全なものだとは言えないかもしれないけれど、それはわたしと沙紀ちゃんのふたりで、今後も長い時間をかけて少しずつ解決していけばいいことであって、そのためにはとにかく沙紀ちゃんを生き返らせなければならないのだ。

「凶器はこのカッターナイフじゃないし、室内には他に凶器らしきものは見当たらない。これだけの血を噴きだしているんだから、蓮見自身が首を切ってから死ぬまでの短時間で痕跡を残さずに凶器を処分できたとも思えない。仮に即死ではなくそこそこ時間があったのだとしても、窓の外に投げ捨てたりするだけで血は飛び散っただろうしね」

昇が現場を検証しながら、所見を述べる。つまり凶器は犯人が持ち去ったということだ。沙紀ちゃんを殺した殺人犯が、確かに存在している。

「くそうっ！　卑劣な犯人め!!　許せない!!　絶対に見つけ出してやる!!」

うん、なんかやる気が出てきた。なんにせよ沙紀ちゃんを殺した犯人がいるのだから、沙紀ちゃんが本当はもう生き返りたくないんじゃないか？　とかそういうのは抜きにして、必ず見つけ出してとっちめてやらなければならない。無辜の女子高生の首を掻き切って殺すような殺人鬼をそのまま野放しにしておくわけにはいかないでしょ。

「その通りです!!　イカれた殺人犯を必ず血祭りに上げてやりましょう!!」

や、わたしのこの熱血芸に素でかぶせてこられても普通に引くんですが。ていうか、楓ちゃんのそれは、やっぱ芸じゃなくて完全な素ですよね。う～ん、素かぁ～。まあいいけど。クールビューティーどころか、めっちゃホットじゃん。

「でも扉の鍵はかかっていたでしょ？　だから蹴り破って入ってきたわけだし。それなのに、この部屋の鍵はここにあるんだよね」

そう言って、乃亜ちゃんが床からプラスチックのプレートがついた鍵を拾いあげる。

「普通に考えたら、沙紀ちゃんが自分で内側から鍵をかけたってことになるんじゃないの？　ということは、やっぱり沙紀ちゃんの自殺じゃない？」と、拾った鍵を壁のフックにかける。どうやら乃亜ちゃんは飽くまでも沙紀ちゃんの自殺説推しらしい。いや、たぶん面倒だから自殺ってことにしちゃいたいだけでしょ。ていうかさ。

「え、ちょっと待って乃亜ちゃん。いまその鍵、どこで拾ったの？」

「うん？　ここに落ちてたよ。部屋に入ったら壁のフックにかけておくことになってるんだけど、ちょうどその下くらいに落ちてたから、ちゃんと引っかかってなかったんだね。こういういい加減なことするから、すぐにどこにやったか分かんなくなっちゃうんだよ。ちゃんとしてほしいよね定物定位」

「いや、まあ定物定位は大事だとは思うけどさ、ここはいま殺害現場で、わたしたちは現場を調べてるんだから、あんまり気安く物に触ったり動かしたりしないでよ。分かることも分かんなくなっちゃうかもじゃん」

「あ、そっか。ごめんごめん。なんかほんと、探偵みたいだね」

ちっとも懲りてない風の乃亜ちゃんを押しのけて、わたしは壁のフックにかかった鍵を調べる。「この部屋の鍵ってこれ一個しかないの？」と、乃亜ちゃんに訊いてみると「ん？　どうなんだろ？」と、乃亜ちゃんは、そのまま目線だけで楓ちゃんに疑問をスルーパスする。わたしもそちらに目を向けると、楓ちゃんはちょっと首を傾げて「おそらくは」と、自信なさそうに返事をする。

「いちおう、それひとつということにはなっていますし、だからこそわたしと熊谷さんは部屋に入ることができず、その鍵を持っているはずの蓮見さんを探していたわけですが、本当の本当にひとつしかないということはないでしょうね。職員室にはスペアもあるでしょうし、それに学校施設には通常、すべてを開錠できるマスターキーも用意されています。ただ、生徒が持ち出せるものはそれひとつしかないはずです」

とはいえ、とくになんの工夫もないオーソドックスなシリンダーキーだし、こんなのは複製しようと思えばそのへんのホームセンターでもできる。まあ、使わないときは職員室に返さないといけないし、部屋にいるときはそこのフックにかけておくことになっているわけだから、学校の外に持ち出すのはちょっと難しいといえば難しいだろうけど。でも、絶対に不可能ってほどの厳重さではない。だけど、そんなことまで考慮しだしたら、可能性が無限に拡大してしまってわたしたちの調査能力でどうにかなる問題じゃなくなってしまって、それこそ警察みたいに周辺のホームセンターを全部あたって、複製が作られた可能性がないか、ひとつずつ潰していくみたいな地道な捜査が必要になってくる。そんなのはとてもじゃないけど、わたし個人の手に負えない。

「うーん、じゃあここはひとまず鍵はひとつしかないものと仮定して、その条件下ではどういうことが考えられるかって検討してみよう」

と、わたしは提案する。まあ、普通に警察に通報して組織力でどうにかしてもらうっていう手もあると思うけど、ていうか、それが一番まともな筋道だとは思うけど、人生には色々とあって、正しい方法を常に選択できるようにはできていないのだ。

「扉は内側からはツマミを下ろすだけで錠がかかるタイプだし、鍵がなくても外から閉めるくらいはなんとかできちゃったりしないかな？」

とりあえずの思い付きで、わたしはそんなことを言ってみる。

「どうでしょうね？　古典的な糸を使ったトリックをやるにしても、スライドドアだから上下は糸を通すのが難しいですし、錠は下にさげる必要があるので、横から入れるなら途中で力の方向を変換しないといけません。どこかで滑車ないし滑車の代用品が必要になってくるでしょうね。不可能ではありませんが、煩雑(はんざつ)です」

楓ちゃんが、軽く肩をすくめて言う。

「それに、仮に糸を使って外から鍵をかけられることが判明したとしても、誰でも犯行が可能だったということになるだけですから、容疑者の特定には役立ちません。その方向性は考えてもあまり意味がないような気もします」

うん、それもごもっとも。わたしの目的は「ここでなにがあったのか」とか「犯人がどんな手口を使ったのか」を明らかにすることじゃなくて、たんに沙紀ちゃんを殺した犯人を言い当てることなのだ。犯人の特定に結び付かない謎については、ひとまず「分かんないな～」で放置してしまっても、別に構わない。

どっちみち、事態がわたしの調査能力の限界を超えていたら最終的には警察を頼るしかないのだ。ラッキーなことに、これまでの事件は警察を頼ることなく比較的短時間のうちに解決できたけど、普通に考えれば殺人事件なんか、ただのひとりの女子高生の手に負える可能性のほうが低い。仮にこれが、人知れず校内に忍び込んだ全然知らない変質者の犯行だったとしたら、わたしが真相を言い当てられる可能性は皆無だろう。

その可能性は常に棄却できないにしても、わたしの能力の限界を超えたことはどっちみちできないのだから、看破可能な範囲に真実があることに期待するしかない。

なので、まったくの見知らぬ第三者が犯人である可能性は除外する。これはたんに、もしそうだったらわたしが犯人を言い当てることは絶望的だから考えるだけ無駄っていうだけ。で、鍵の複製もなかったものと仮定してみる。これもただ、そのほうが考えやすいから、まずはそう考えてみようというだけのことだ。

「でも、別に完全な密室殺人っていうわけでもないよね。窓は開いているわけだし」

今年は梅雨入り前から夏を先取りしたみたいに暑くて、まだ六月だというのに溶けそうな陽射しの日が続いている。第二理科準備室には冷房がなく、天井の首振り扇風機だけが唯一の冷却装置だから、窓はすべて開け放たれている。部屋が狭いし片側にしか窓がないから、風通しはよくないし、この時間帯は西日が直撃だから、すごく暑い。

「んー、でもここ四階だし。いくら窓が開いてるっていっても、そうとう身軽じゃないと窓から出入りはできないと思うよ。それに向かいの校舎からも丸見えだから、放課後で人目が減っているとはいえ、さすがに目立つだろうし」

わたしが窓に近寄ると、後ろから乃亜ちゃんがそう声を掛けてくる。

「窓から出入りしたってことはなさそうだ」と、窓の周辺を調べていた昇も言う。「雨どいや出っ張りを伝えば、やってやれないことはないんだろうけれど、でも痕跡を残さずにっていうのはまず無理だと思う。外壁はどこも埃っぽいから、どこかに手や足をつくだけで、その痕跡が目で見て分かるレベルで残るはず」

窓から外を見てみる。この部屋があるのは四階建ての第一校舎の四階で、その向かいには幅20メートルくらいの中庭を挟んで、同じく四階建ての新校舎が建っている。上から見ると渡り廊下で繋がったHのかたち。実際にはもうひとつ本校舎が反対側にあるので王の字と言ったほうがいいかもしれない。他にも細々と部室棟とか旧部室棟とか新音楽室とかもあるから、わりと狭い敷地に無数の建物がひしめきあっている感じだ。渡り廊下は一階にしかないから、第一校舎の四階の物理化学教室から新校舎四階のＥＬ教室への移動があったりすると、トイレに寄っている暇もないくらいの結構なタイムアタックになってしまう。まあ、そのへんの話は今はいいや。

ということは、今回もいちおう密室殺人のバリエーションってことになりそう。

「向かいの校舎から射撃したとか？」

わたしは楓ちゃんのほうを振り返って、そう訊いてみる。

「それは、わたしが弓道部だからとかそういう話ですか？」と、楓ちゃんは眉根を寄せる。「まあ、弓道は近的場で28メートルですから、そういう意味では向かいの校舎からこの部屋に向かって矢を射るのも理屈のうえではやってやれなくはないと思います。ただ、動く標的の首筋を狙って一撃必殺で決めるっていうのはちょっと現実的ではありません。それにどっちみち、矢で射たならこの部屋の中に矢が残っているはずです」

「そこはなんかほら、矢に糸とかつけておけば後で回収できそうじゃない？」

「うーん、どうでしょう？　四つか、五つくらいの奇跡が同時に起これればできるかもしれません。もちろん、糸をつけていても矢は飛びますが、そのぶんだけさらにコントロールはシビアになるでしょうし。矢って、羽根のちょっとした具合でも飛び方がぜんぜん変わるんですよ。ただ向こうからこちらに矢を届かせるだけなら簡単でしょうけど、狙ったとおりに当てるとなると、至難の業ですね」

え〜、でも楓ちゃんって総体とかも出てて、全国何位！　とかなんでしょ？　意外となんとかできちゃったりしない？　しないか。実のところ、わたしも無理だろうな〜とは思ってる。一回外したら、いくらなんでも沙紀ちゃんも警戒するだろうし、こんなのは練習もできないし。一発で成功させるのはさすがに難しいだろうね。

「というか、そもそもなんで犯人は鍵をかけたんだ？」

たぶん「その筋は追っても無駄だ」みたいな意味合いだろう。昇が横から口を出して、話題を別の方向に向けようとする。

「おそらく、蓮見が自分で鍵をかけたわけではないよな」

「ああ、そうだね。あとから乃亜ちゃんと楓ちゃんが来ることは分かってるんだから、沙紀ちゃんが自分で内側から鍵をかける理由はないし、たぶん、扉に鍵をかけたのは沙紀ちゃんを殺した犯人だ」

沙紀ちゃんと乃亜ちゃんと楓ちゃんの三人は、今週はこの第二理科準備室の掃除当番なのだ。沙紀ちゃんはこういうの妙に真面目なので一番最初にきて鍵を開けていて、あとから乃亜ちゃんと楓ちゃんがやってくるというパターンだったっぽい。

「いつもはだいたい蓮見さんがすでに鍵を開けているので、わたしはショートホームルームが終わった後でそのまま第二理科準備室まで来たのですが、珍しく鍵が閉まっていたので、最初は『蓮見さんまだなのか』と思ったんですよ。それで一旦、職員室まで鍵を取りに行って、先生に訊いたらもう蓮見さんが持っていったという話だったので、行き違いになってしまったのかと戻ってみたら、やっぱり鍵は閉まってるし。ノックしても反応がなくて」と、楓ちゃんがザッと経緯を説明してくれる。

「わたしは用事で先生に呼び出されてたからずっと職員室にいたんだけど、楓ちゃんが職員室に来たのは見たよ。で、用事が終わって遅れてここに来たら、扉の前で楓ちゃんが突っ立ってて、それで事情を聞いて、それなら携帯電話を鳴らしてみるか〜って話になったんだけど、ふたりとも沙紀ちゃんの番号知らなかったから、よーちゃんなら知ってるかな〜って思って教室まで呼びに行ったの」

で、そこから先はわたしも一緒に行動してたから知っている。わたしは教室で昇と一緒に沙紀ちゃんの掃除が終わるのを待っているつもりだったんだけど、そこに乃亜ちゃよ〜？」って訊かれて、知ってんと楓ちゃんがやってきて「沙紀ちゃんの番号知ってる〜？」って訊かれて、知ってるよ〜？　って、試しに掛けてみたらコールはするけど沙紀ちゃんがぜんぜん電話をとらなくて、なにしろ沙紀ちゃんの場合は沙紀ちゃんだから電話が繋がらないと、それだけでなんか「これはヤバいかも〜？」って、わたしと昇もダッシュで教室を出て沙紀ちゃんを探しに行って、まず第一校舎の四階まであがってみたけれど、やっぱり第二理科準備室の扉は鍵が閉まっていて、でも向かいの新校舎の窓から見れば第二理科準備室の中を覗けるんじゃね？　って話になって、またダッシュで一階まで降りて新校舎の四階までのぼって廊下の窓から第二理科準備室のほうを見てみたら中で沙紀ちゃんが血を噴いているっぽいのが見えたから、またダッシュで一階まで降りて渡り廊下を渡って四階まで階段をのぼって扉を蹴破ったところで最初の場面に繋がります。（息切れ）

「乃亜ちゃんはショートホームルームの後、楓ちゃんと合流するまで、ずっと職員室にいたってことだよね？」と、わたしは改めて確認する。

「うん、そうだね。そこは楓ちゃんも見てるし、先生に確認とってくれてもいいよ」

というわけで、乃亜ちゃんは一応アリバイありってことになるっぽい。もちろん、まだ先生に確認を取ったわけではないから、今のところはただ乃亜ちゃんがそう言っているだけってことになるけど、たぶん嘘ではないだろう。確認すればすぐにバレてしまうような嘘をつく理由がない。

「掃除の時間なんだから、すぐに他の生徒も来るってことぐらい犯人にも分かっていただろう。鍵をかけたくらいじゃちょっとの時間稼ぎにしかならないし、時間を稼ぎたいなら窓を開けっぱなしにしていたのはおかしい。第二理科準備室はこの通り、向かいの校舎から丸見えなんだから、隠す気があるなら、せめてカーテンくらいは引いていくんじゃないか？　ほんの数秒で済むことだ」と、昇が言う。

そうだよね。実際にそれでわたしたちも向かいの校舎から沙紀ちゃんが死んでいるのを見つけたわけだし、わたしじゃなくても中で人が血を噴いて死んでるっぽいのを見たら、扉くらい蹴破るかもしれない。

わたしだったら確信がなくてもとりあえず蹴破っちゃうけど、まあ普通の人はよっぽどの確証がない限りはなかなか蹴破るところまではしないだろう。犯人の立場で考えてみたら、死体がある部屋の扉にはとにかく鍵をかけてしまいたいという心理は分かる。でも、それなのにカーテンが開けっ放しなのはどこかちぐはぐな印象だ。もちろん、犯人は気が動転していて鍵は閉めたものの、窓のカーテンにまでは気は回らなかったのだっていう解釈もできるし、焦ったときの人間の行動なんかちぐはぐで当たり前なので、そういった可能性は十分にあり得るのだけれど。

「窓は開いている必要があったんだ」と、わたしは仮に決めつけてみる。

侵入とか脱出の痕跡は見られないらしいから、そういう風に直接的に犯行に使ったわけではないのかもしれないけれど、窓やカーテンを閉めるわけにはいかないなにかしらの事情が犯人にあったのだ。とくに根拠があるわけじゃないけれど、経験的な感触で、ここはそう考えるべきっぽい。オーケイ？

犯人にとって、窓が開いている必要があるシチュエーションって、どんなだろう？

今回のケースは、四月の事件みたいに「たんに死体を隠しておきたくて」しっかり鍵を閉めてあったのを、わたしが無理矢理に蹴破ったがため発生した密室ではない。じゃあいったい、犯人はなんのためにわざわざこの部屋を密室にしたのか。

実のところ、犯人にとっては現場を密室にするメリットというのはほとんどなにもない。だからこそミステリーとは違って、現実においては密室殺人事件というのはほとんど存在しないのだ。現場には鍵がかかっていないほうが、誰にでも犯行は可能だったということになってしまって容疑者の特定が難しくなる。

わたしがウウーンと頭を悩ませていると「メタてきな話だけど」と、昇が言う。

「ミステリーで密室殺人事件が多いのは、容疑者を限定しやすいという作者側の都合に依るところが多い。トリックを解き明かせば犯人が分かるみたいな犯罪は現実ではあまりないし、たんに殺人を犯したうえで捜査を逃れたいなら、目撃者のいない夜道で襲撃して一目散に逃げるほうが期待できる。でも、そういう事件には、探偵の推理が立ち入る隙がない。考えれば分かるように出題するのに、密室殺人は適しているんだよ」

そう。ただの個人が、個人の能力の範囲内で、提示された手がかりから推理をして犯人を当てようなんて思ったら、まずは容疑者がある程度限定されていなければ話にならない。開けた夜道で背後から頭を殴打とかの通り魔殺人みたいに、容疑者の枠が無限に拡大してしまうようなケースにおいては、どれだけ現場に手がかりがあったところで、それで「いったい現場でどんなことが起こったのか」を推理できたところで、犯人を特定することには結びつかないのだ。

これが密室殺人となれば、密室を構成することができた人がすなわち犯人ということで、容疑者の数は最初からかなり絞られる。数人程度の容疑者の中に犯人が含まれていることが確実なら、その中から真犯人を見つけることは、そんなに難しくはない。

現場から、確実に犯人を同定しうる証拠を丹念に拾い上げる警察の科学捜査に比べれば、出題された問題を解いているだけの名探偵なんか、全然たいしたことはないのだ。

「犯人が密室を構成する最も根源的な動機は、探偵役に出題するためだ」

問題として成立させるための密室殺人。

うん、わたしも今回はなんかそういう感じがする。犯人から出題されているような気がする。これはたぶん、ちゃんと解けるように設計された問題だ。

いったいなんのために？　とか、そういう疑問はあるけれど、まあそこはいいだろう。動機とかそういうのは犯人が分かってから、本人に直接訊いてしまうのが一番早いし、もったいをつけても仕方がない。なにより沙紀ちゃんを生き返らせるのが最優先だ。

「というわけで、犯人はあなたです。等々力楓ちゃん」と、わたしは振り返ってビシッと楓ちゃんに指を向ける。言われた楓ちゃんは、驚くとか怒るとかじゃなくて、ひどく落胆したみたいに息を吐いたあとで「どうしてですか？　わたしはただ、神野さんが悪を討つお手伝いをしたいと思っただけなのに」と、奥歯を噛みしめる。

どうして？　と訊かれても困るのだけれど、とりあえず解決編をやってみようかと思って。なにしろ、言うだけならタダだから。間違えていたら謝ればいいだけだし、ぶっちゃけそれで楓ちゃんが激怒したとしても、女子高生がとれる手段なんかせいぜい絶交くらいなものだし、仮に絶交されたとしても、楓ちゃんとはもとからそんなに仲良くもないから、それほど困らない。

「うーん、引っかかりはいろいろとあるんだけど、まずひとつ、どうして楓ちゃんはひとりだけ弓道着なのか、というところかな」

わたしはゆっくり歩きながら顎に手を当てて言う。こういうのは雰囲気が大事だ。それ以前の「どうして今この場に居合わせている人間に容疑者を限定するのか？」という部分は「そうだったらいいな」っていうだけの話で根拠はなにもないので、敢えて触れない。容疑者の枠が拡大してしまえば、どっちみちわたしでは手の出しようがない。

考えればちゃんと解けるように出題されていることに期待するしかないのだ。

「それは、普通にこのあと部活に顔を出すつもりでしたから」

うん、まあそうだろうね。ただでさえ狭いのに、基本的には使用されてない第二理科準備室の掃除なんかそこまで時間の掛かることでもないだろうし、楓ちゃんみたいに総体で何位とかいくような有力な選手なら、チャチャッと済ませてすぐにでも部活に行きたいだろう。先に準備を済ませていてもなにも不思議ではない。

「でも、弓道着に着替えるために一度部室まで行ったのなら、弓袋とか部活バッグは部室に置いてくれれば済む話だよね。それなのに、楓ちゃんは弓道着を着て、なおかつ弓袋と部活バッグを今も背負っている。つまり、まだ部室には行っていない。なら、部室以外のどこかで着替えたんだろうってことになるけれど、なにしろ楓ちゃんも年頃の女の子なんだから、さすがに普通教室で平然と着替えたりはたぶんしないよね？　どこか鍵のかかる部屋で着替えたいんじゃないかな〜って思うんだけど」

言いながら、チラッと楓ちゃんの様子を窺ってみる。たぶんこれが「憮然とした面持ち」ってやつなんだろうな〜って感じだけれど、とりあえず終わるまでは聞いてみようっていう姿勢っぽいので、そのまま続ける。

「というわけで、仮説1。楓ちゃんはこの部屋で着替えたのではないか？　ここなら、入り口の戸に鍵もかかるしね。ではなぜ楓ちゃんはこの部屋で着替えたのか？　ひとつは、弓道着姿なら弓袋を背負っていてもそこまで不自然ではないからじゃないかなって。楓ちゃん、沙紀ちゃんを探し回っているときからずっと弓袋を背負ったままだけれど、弓道着を着ていれば弓袋も馴染んじゃって、なんとなくそういうものって気がするもんね。でも、実際にはそんな長尺のもの意味なく持ち歩く必要はないわけで、普通はだいたい部室や弓道場に置いておくものなんじゃない？」

「昨日、弦の張り直しと中仕掛けをしたんですよ。それで一度家に持ち帰っていたんです。わたしも常に弓袋を持ち歩いているわけではありませんが、和弓って結構メンテナンスも小まめにしないといけないので、それほど珍しいことでもありません」

「うん、まあそういうこともあるのかもしれないね？　でも、仮にたまたまではなかったと想定してみます。楓ちゃんには弓袋を持ち歩いていなければならない理由があり、そのために弓道着姿のほうが都合がよかった。でも、弓袋を持っていてもあまり怪しくないっていうのは副次的な効果かな。もっと直接的に、楓ちゃんはとにかく着替える必要があった。なぜなら、沙紀ちゃんを殺したときに服に返り血がついてしまったから」

「ちょっと待ってください。神野さんは、わたしが蓮見さんを返り血がついてしまうような近距離で殺したと考えているのですか？　それじゃあ、もう弓矢は関係ないじゃありませんか。仮にわたしが向かいの校舎から射撃したとするのなら、さすがに返り血なんかつきようがないでしょう？」

「うん、そうだね。返り血がつくくらいだし、傷口も鋭利ではないから、凶器は弓矢のような飛び道具ではない。だから、その仮説はもういいです。試しに言ってみただけ。

弓矢のことは、いったん脇に置いておきます。放課後、第二理科準備室にきた楓ちゃんは先にきていた沙紀ちゃんの背後に忍び寄って、持参した凶器――傷口から推定できるのはボルトクリッパーとかの巨大なペンチみたいなものらしいけれど――で沙紀ちゃんの首筋を切り裂いて殺します。先生に呼び出されている乃亜ちゃんが掃除にすこし遅れてくることは楓ちゃんにも事前に分かっていたから、沙紀ちゃんとふたりきりになるのは難しくなかったでしょう。でも、そのときに楓ちゃんの制服には返り血がついてしまった。そのままだったら楓ちゃんが沙紀ちゃんを殺した犯人であることは丸わかりなので、楓ちゃんは、部活バッグの中に持っていた弓道着に着替えることにしました」

「うーん。たしかに、わたしは熊谷さんが遅れることも知っていましたから、必然的にわたしが蓮見さんとふたりっきりになりやすいというのは分かりますし、熊谷さんと違ってわたしにはアリバイもありません。否定できるほどの材料はないのですが、でも、それはわたしでなくても、この学校の生徒なら誰だって、いいえ、下手をすればこの学校の生徒ですらなくても、隙を見てやればできたのではありませんか？　着替えているのが怪しいといっても、体操着で犯行に及んでから制服に着替えたのかもしれませんし、そもそも外部犯だった場合、そのへんの話も全部関係なくなってしまいます。弓矢で狙撃をしたという仮説からわたしを容疑者にしたのに、やっぱり弓矢ではないって話になってもまだわたしに固執しているのは、ただの神野さんの思考の柔軟性の欠如じゃないでしょうか？　もともとの話をすっかり忘れてしまっていませんか？　それに、肝心の扉の鍵についてはどう説明するのですか？」

「その扉の鍵の説明をつけるのに、弓が必要になってくるわけ」

「まさか」

と、楓ちゃんは少し眉をあげて彼女なりの驚愕の表情を見せるけれども、そんな驚くほどのトリックじゃない。古典的な糸を使った機械的なトリックの応用編だ。

では、状況を整理します。沙紀ちゃんは鍵のかかった部屋の中で首を掻き切られて死んでいた。窓は開いていてカーテンも引かれていなかったので、わたしたちは向かいの校舎から沙紀ちゃんが死んでいるのを確認できた。ひとつしかない扉の鍵は室内の床に落ちていた。さて、犯人はいったいどうやったのか。

はい、シンキングタイムスタート～。

テケテケテンテケテンテン♪　テケテケテンテケテンテンテン♪

はい終了～☆　では正解の発表です。

「沙紀ちゃんを殺した楓ちゃんは弓道着に着替えたあと、そこの壁のフックにテグスを引っかけた。これは矢に繋がっていて、その状態で楓ちゃんはこの部屋から、向かいの新校舎の屋上に向けて矢を射った」

首筋を精確に射貫くような精緻なコントロールは難しくても、ただ届かせるだけならできると楓ちゃん自身も認めている。

「これで、向こうの屋上からこの部屋の中まで、ロープウェーが通るよね。あとは普通に外から鍵をかけて新校舎の屋上まで行き、そこで矢を拾ってテグスに鍵を通して、テグスの上を滑らせて部屋の中に鍵を戻す。欲を言えばフックに引っかかってもらいたいところだっただろうけれど、そこまでは難しかったみたいだね。最後は、テグスを強く引っ張って回収すれば、鍵はフックの下あたりの床に落ちて、この密室状況の完成というわけ。屋上で回収した矢も、返り血のついた制服も、まだそのバッグの中に入っているんじゃないの？　というわけで、等々力楓さん、あなたが犯人です!!」

わたしがビシッ!!　と指をつきつけると、ババーンッ！　と、いつもの効果音が鳴ったので、これで正解だったっぽい。

背後で沙紀ちゃんが「うう～ん」とうめき声をあげながら起き上がるから、わたしはまたそっちにぴょーんと跳んで「うおお～！　沙紀ちゃ～～ん!!」と、胸に跳びつく。

さっきまで周辺に広がっていた血だまりも、もうすでに綺麗さっぱり消失している。

沙紀ちゃんは「うわっ！　よーちゃん、どうしたの？」と、目を丸くして、ぐるっと辺りを見回して「あれ、ひょっとしてわたし、また死んでた？」と、だいたいの状況をすばやく察する。さすが、すっかり殺され慣れてる（そして生き返り慣れてる）ね。

「ねえ沙紀ちゃん。楓ちゃんが沙紀ちゃんを殺した犯人で合ってるでしょう？」

「え？　うーん、どうなんだろう？」

わたしが訊いても沙紀ちゃんの返答ははっきりしない。

「たしか、いきなり首に痛みが走って、そのあとはすぐに意識を失っちゃったから」

ん～、まあめちゃくちゃ手際よくやられたらそんなものかもしれない。普通の女子高生にそんな凄腕の暗殺者みたいな技があるのかは分からないけれど、楓ちゃんは総体でも何位とかのすごい人みたいだし、寺生まれでなんかそういう家系？　らしいしね。きっとそういうのもできるんでしょう。なにより、間違いなく沙紀ちゃんの自殺ではない。

今回はそこがなによりも重要だ。おのれ乃亜ちゃん、かわいい顔して散々わたしのメンタルを追い込んでくれやがって。

「というわけで、等々力楓!!　やっぱりあなたが犯人じゃない!!　観念しなさい!!」

あらためてビシッ!!　と指をつきつけてみるけれど、やっぱり楓ちゃんは反応が薄くて「なるほど……蓮見さんの生き返りに関しては実のところ半信半疑だったのですが、こういう風に発現するわけですか。これはたしかに、本物の怪奇現象ですね」とか呟いている。背負っていた部活バッグをぼすんと床に下ろしてジッパーを開け、中から制服を取り出して広げて見せる。

「でも神野さんの推理はまったくの見当違いです。ほら、わたしの制服には血痕なんてついていません。証拠がなければ、どんな推理もただの妄想と変わらないでしょう」

あ、楓ちゃんも素直には認めないほうのタイプの犯人か〜。なんか最近、この手の諦めの悪い子が多いね？　そういう世代？

「え、だってそれは沙紀ちゃんが生き返ったから、血痕も一緒に消えちゃったわけで」

沙紀ちゃんが生き返ると、流れた血とかも完全に元通りに沙紀ちゃんの中に戻るから、血痕とか凶器に付着した脂とか、そういう沙紀ちゃんの身体に由来するものは沙紀ちゃんの復活と同時に、瞬時に綺麗さっぱりと消えてしまうのだ。

「なるほど。ということは、生き返りというよりは巻き戻しと言ったほうが正確かもしれませんね。ただの死者の蘇生よりも、さらにもう一段階レアな怪異です。まさかそんな横紙破りの反則技をこの目で見ることになるとは、驚きました。わたしは家庭の事情で人よりもすこし怪奇現象を見慣れているほうですが、それでもびっくりしてしまうくらいの桁違いの異常現象ですよ」

「話を逸らさないでよ。楓ちゃんが犯人なんじゃないの？」

「ええ……？　神野さんは本気でそれ信じてるんですか？　まあ、蓮見さんが生き返ると血痕も消えてしまうのは仕方がないとして、では、本来はついていたはずの血痕がいまは消えてしまっているということをどうやって証明するんです？　わたしの制服には元から返り血なんてついていませんし。それならそれで、先に証拠をおさえてから謎解きを開始するべきだったんじゃないでしょうか？　今はもう消えてしまったけれど、実はついていたはずだなんて、言いがかりだと一笑に付されても反論できなくないですか？　どんな推理も、それを裏付ける物証がなければただの妄言です」

「だって、正解の音が鳴ったし……こうして沙紀ちゃんも生き返ったわけだし……」

「う～ん？　なにをどう勘違いしているのかは分かりませんけれど、神野さんはこの現象を、そういう風に理解しているんですね？」

あまりの楓ちゃんの動じなさに、わたしはついしゅんとなってしまう。でもなんにせよ、沙紀ちゃんが生き返ったんだから、わたしが正解を当てたということのはずだ。楓ちゃんが犯人で間違いないはず。前回の子といい（なんて名前だったっけ？　もう記憶が薄れてきてるけど）近頃の犯人はどうにも往生際が悪い。真相を言い当てられたら観念してベラベラと自供してもらわないと尺が足りなくなっちゃいますよ!!

「神野さんは、正解ってどういうことだと思っています？　正解とか間違いというのは誰が決めているんです？　その正解を判定しているのは、いったい誰なんです？」

楓ちゃんはわたしの目にばっちりと合わせた視線を逸らさない。

「誰かが正解と言ったら、それが正解なんですか？　自分が信じたいことを言ってくれるなら、相手は誰だって、内容はなんだっていいのですか？　正解でさえあれば真実はどうでもいいって思っているのですか？　神野さんは自分に都合の悪い事実からは目を逸らして、肯定してくれる物事だけを都合よく取捨選択して聞き入れているだけではないのですか？　どの証拠を採用して、どれを無視するかを自分で好きに決めてしまってもいいのなら、どんな真相も自在に導出できてしまうのは当たり前の話ですよ？」

ううん？　なんか難しいことを言い始めたけれど、ひょっとして哲学的な話で煙に巻いて誤魔化そうとしているだけだったりしない？　まあでもいいや。楓ちゃんがなにをどう言いつくろったところで、言葉を弄してわたしを言いくるめてみたところで、判定が出て沙紀ちゃんが生き返った以上は、その後には必ずアレが起こる。

あの黒い、なんだかよく分からないやつがやってきて、それで終わりだ。

きた。

この黒いやつに出現シーンというのはない。途中のシークエンスが一切なくて、いつも気が付いたらもう出現している。わたしをじっと見つめている楓ちゃんの背後には既に音もなく黒い少女のようななにかが立っていて、楓ちゃんはまだ、それにまったく気付いておらず、一切注意を払っていないように見える。

もうなんども見たはずなのに、いい加減見慣れてしまってもいいはずなのに、この黒いやつが現れるとわたしはやっぱりちゃんと怖くて、息を呑んでしまう。目を瞑ることもできないし、なにも声に出せない。ただ見ていることしかできない。

楓ちゃんの背後で黒いやつの足元の水たまりみたいな黒い丸から、シュルシュルと触手のようなものが伸びあがって、それは楓ちゃんの存在そのものを――

「なるほど。取り立てですか」

削らない。黒い触手は楓ちゃんの身体を削り取れない。

楓ちゃんの周辺を白い小さななにかがクルクルと回っていて、それが背後から音もなく高速で襲ってくる黒い触手を切り裂き、すべて防いでいる。切り落とされた黒いなにかは真っ黒い霧みたいに、もわっと拡散して消えてしまう。

お札？　楓ちゃんの周辺をクルクルと飛んでいるのは、なにかの文字が書かれた細長くて四角い紙で、それが鋭い刃物のようにザクザクと黒いやつを切り刻んでいる。

「物理的な実体……。依り代を得て、人の存在を喰らうことで実在性を強固にしてきたのか。けれど、物理的な実体を持つのであれば、まだ対応のしようもあります‼」

なに楓ちゃんって、この黒いわけのわかんないやつにも勝てちゃうくらいに、めちゃくちゃ強いの？　拝み屋とか言ってたけど、お願いして自分で離れて頂くだけとか言ってたけど、バリバリの武闘派じゃん。え？　そんなのアリなの？

でもそうだ。妖怪だか悪魔だか怨霊だかは知らないけれど、こんなに黒くて禍々しい、あからさまに悪いなにかが実際に存在しているのだ。こいつはたぶん、ずっと昔からこの世界にいたものなのだ。そのことを知っているのがわたしたちだけなんてことはもちろんないし、知っていれば、なにか対抗策を考える人がいるのも当然。

「渾沌を殺すためには目口を空ければいい。邪悪なるものよ、人々の存在を喰らってまるまると肥え太り、強固な実体を得たことを後悔するがいい」

でも、抵抗？　対抗？　というか、撃退？　退治？

こんなに黒くて圧倒的で邪悪ななにかを「倒せる」のだという発想を、そもそもわたしは持ったことがなかった。これは人智を超越したなにものかであって、その判定には誰も逆らうことができないのだと思っていた。

倒せるの？　この黒いのを？

本当に？

楓ちゃんの周囲を飛んでいるお札はすでに防戦から攻勢に転じている。伸びてくる黒い触手を迎撃するだけでなく、ビュンビュン飛んでいって積極的に切り裂いている。

ぐおおおおおおおおおおおおおおっ!!

ごおおおおおおおおおぉおおおおっ!!

黒いやつは地の底から響くような重く低い唸り声をあげている。いつも以上に苦しんで、痛がっているような気がする。あいつも、傷つけられれば痛いのか。

楓ちゃんが使っている、あの自在に飛び回るお札なら、弓矢もテグスのロープウェーも一切必要とせず、遠く離れた場所から沙紀ちゃんの首筋を切り裂くことも簡単だろう。

え、でもそんな真相、いくらなんでもアンフェアすぎじゃない？

「死んでも生き返る女の子とか、犯人の存在そのものを削り取ってしまう謎の黒いやつとかがいる時点で、フェアもアンフェアもないような気もしますが……。というか、神野さん、まだわたしが犯人だと思っているんですか？」

「え？　マジで？　マジマジのマジで本当に楓ちゃんは犯人じゃないの？」

「だからなんどもそう言っているじゃないですか!!　マジマジのマジで、本当にわたしは犯人ではありません!!」そう叫びながら、楓ちゃんは弓袋から和弓と矢筒の中の矢を取り出すとスッと立ち上がる。「さあ、あの黒いやつのあまりの巨大な邪気に、真犯人が燻(いぶ)り出されてきたみたいですよ!!」

楓ちゃんの視線を追うと、部屋の隅の棚の間から犬の生首がニュルニュルと滑り出てくるところで、それがゴキブリみたいなカサコソとした動きで床を這っていく。ひええっ!!　なになに??　気持ちわる!!

「逃がしません!!」

楓ちゃんが素早く弓に矢をつがえて射る。飛び出した矢は、あり得ない角度でぐいんっと曲がってズバンッ!!　と、犬の生首を床に縫い付ける。え、なになに？　あの気持ち悪い犬の生首が真犯人なわけ？　ていうか、なにこれ？　これも怪奇現象なの??

「そりゃあ、死んだ人間を生き返らせるような存在がいるんですから、当然、鍵のかかった部屋の中にいる人間を噛み殺せるような怪異だってあり得ますよ。というか、死者の復活に比べれば狗神（いぬがみ）くらいは、ありふれた平凡な蠱術（こじゅつ）でしかありません」

そう言って、楓ちゃんは今度はゆっくりと落ち着いた動作で脚を左右に踏み開く。

「さあ、次はお前です。邪悪なるものよ」

楓ちゃんのすぐ後ろに立っていたはずの黒いやつはお札の攻撃に晒されて、いつの間にか大きく間合いを取らされている。お札は楓ちゃんがコントロールしているわけではなく自律的に勝手に防御したり敵を攻撃したりするみたいで、そのあいだに、楓ちゃんは極めて優雅な動作で弓矢を打ちおこす。

「帰命（きみよう）、効験空（こうけんむな）しからざる天照（あまてらす）の大印（だいいん）」

なにかを唱えながら、両腕を開き下ろし弦を引き絞っていく。

「宝珠（ほうじゆ）と蓮華（れんげ）と光明（こうみよう）の大徳（だいとく）の智（ち）」

純粋な、対象を射抜き貫く意志を感じさせる、美しいフォルムが完成する。

まるで光り輝いているかのように見えるのは、その完成された美しさが魅せる錯覚か、それともなにかの力で本当に光り輝いているのか、わたしには判断がつかない。

ただ綺麗だと思う。

力の渦みたいなものがぎゅんっと矢の先に収束して。楓ちゃんは一瞬、目を細める。

「亡者得脱(とくだつ)!! 転化(てんか)せしめよ!!」

射る。

ばいーんっ!!

光が一瞬のうちに発散し、放たれた矢は瞬間移動でもしたみたいに壁にズドンと突き刺さっていて、まだ余韻でびゅんびゅんと揺れている。現れたときと同じ唐突さで、もうなんの痕跡も残さずに黒いなにかはいなくなっている。

残心。

鋭くビュンビュン飛び回っていたお札がただの紙切れになって、現実の重力と空気抵抗を受けひらひらと舞い落ちる。窓から射しこむ西日を受けて金色にキラキラ輝く。

「チッ……」

楓ちゃんが声をあげる。その声のおかげでようやく、わたしの世界にも音が戻ってくる。音が戻ってきたことでようやく、音が消えていたことに気が付く。

楓ちゃんは生きている。まだ存在している。削り取られていない。

それどころか、あの黒いやつを撃退、してしまったの……？

「いえ、逃げられました。ああいうのは普通、ただの現象であって所詮はただのシステムでしかありませんから、意志を持たないが故に柔軟な対応はできないものなんですけれど。周囲に纏わりついていた黒いどろどろは飢えに任せて存在を喰らうだけの雑多な魑魅魍魎に過ぎませんが、中心にいるのは依り代を得た神格なのでしょう」と、わたしへの説明とも独り言ともつかないような口調で、楓ちゃんが言う。「本物の神隠しに遭った子供ですよ、中心にいるのは。神様が器を得て、実体化したのです」

「ええ～？　でも、あの黒いやつは神様とかではなくない？　絶対になにか悪いものだよ。もうそこは感覚で分かるもん。ダメなやつだって」と、乃亜ちゃんが言う。

「神様に、善いも悪いもないんですよ。それはただの空の概念。空であるが故に、いろいろなものがくっつきやすいのです。そして、神様というのは、おいそれと祓えるようなものではありません」と、楓ちゃんは壁に突き刺さったまま、まだひゅんひゅんと揺れている矢に歩み寄りぐいっと引き抜く。「その点では、そこの狗神などはかわいいものです。ただ打ち倒せばいいだけなので」

あ、そうだ。どさくさですっかり忘れてたけど、さっきなんか変なものがどっかから這い出してきたんだった。で、そっちに目を向けてみると、昆虫の標本みたいに矢で床にぶっ刺されたまま、犬の生首はまだウゴウゴと蠢いている。うわっ！ キモッ‼

「素人がインターネットなどの適当な知識を寄せ集めてやった術式が、たまたま本当に成立してしまったんでしょうね。なぜ、蓮見さんに対して呪い殺そうと思うほどの恨みを持ったのかは分かりませんが、蓮見さんは運命の復元力で、逆恨みを買いやすくなっているようなので、そのせいでしょうか。でも、所詮は素人仕事。呪詛がえしに対する防御は張っていないようです」

そう言って、楓ちゃんは犬の生首から矢を引き抜く。瞬間、それは驚くべき速度で床を這っていき、ピョンと跳んで窓の外へと逃げ出してしまう。

「え？ 楓ちゃん、今のやつ逃がしちゃってよかったの？」

乃亜ちゃんが訊くと、楓ちゃんは「人を呪わば穴ふたつ。失敗した呪術はそのまま術者へと跳ね返るんです。もちろん、わたしたちのようなプロはそれも見越して予め反動を逃がす術式も併せて組んでいるものですが。狗神をつかって蓮見さんを食い殺させた犯人は、そういった対策をしてないようなので、逆に自分の呪いに食い殺される羽目になるでしょう。わざわざ退治してやることもありません」と、首を横に振る。

「へ〜、なるほどね？　今回は犯人も超自然的な手段を使って殺人を犯してたんだ。もうなんでもアリじゃん。ミステリーとして成立しないね。っていうか、前回は疑惑でしかなかったけど、今回のよーちゃんの推理は確定的に大外れだったたってことだね」

乃亜ちゃんが笑う。とても嬉しそうに、両方の口角をぐいっとうえに上げる。

「よーちゃんも、もうそろそろ借り物の邪な力を振りかざしてつまらない正義ごっこに興じるのはやめにしたほうがいいんじゃない？」

「は？」

乃亜ちゃんはなんか正鵠を射たとか痛いところを突いてやったみたいなキメ顔をしているけれど、そんなこと言われてもわたしはなんの話だか分からないし「は？」って感じだから普通に「は？」って言ってしまう。

「よーちゃんってただの女子高生のくせに、あの黒いわけのわからないやつを使役できているから、あるいは使役できている気になっているから、絶対に悪には屈しないとか言って、沙紀ちゃんを殺した犯人を見つけ出してやる〜って目を三角にしてるんでしよ？　そういうの、巨神兵に号令をかけてるクシャナ殿下みたいでバカっぽいじゃん」

あ、アニメ版のほうね？　なんて言いながら、乃亜ちゃんはいつもの固定的なニコニコ顔でわたしの目を見る。

そりゃまあ、沙紀ちゃんを殺した犯人は明確に悪なわけだし、わたしが犯人を当てることであの黒いやつが出てきて犯人を削り取ってしまうのだから、結果的に言えば悪を滅していたのかもしれないけれど、わたしは別にこれが正義だと思ってやっているわけじゃないし、悪を打ち倒したいのでもない。わたしはただ、沙紀ちゃんを生き返らせたいだけだ。正義ごっことか言われても正直「は？」でしかない。

「ていうか、真犯人は通常ではあり得ないような方法で沙紀ちゃんを殺しつつ、よーちゃんに楓ちゃんが犯人だと推理させることで、一石二鳥を狙ってた可能性あるよね。そう考えると、よーちゃんはまんまと真犯人の狙い通りに操られてたってことになるし」

ああ、なるほど。そう考えることもできるのか。どうりで、現場の状況にちぐはぐで人工的な印象を受けるわけだ。やっぱりこれは、最初から解かれるための、出題としての密室殺人だったのかもしれない。わたしは用意された正解には辿り着いたかもしれないけれど、真相には全然到達していなかったのだ。

え、でもこの真相を見抜けって、そんなの普通に無理ゲーじゃない？

「だから、最初から無理ゲーなんだよ。無理ゲーになんか乗っちゃダメなんだってば」

乃亜ちゃんは「簡単な話でしょ？」みたいな顔でそんな風に言うけれど、普通に意味が分からないから、わたしは返事をしない。どんな無理ゲーだったとしても、わたしがやらなければ沙紀ちゃんが生き返らないのなら、わたしは推理をするしかない。

「だからさ、今回の件でその『推理して犯人を当てる』っていうのは、沙紀ちゃんの生き返りとまったく関係ないって分かったじゃん。だって、よーちゃんが推理を外しても、ぜんぜん問題なく沙紀ちゃんは生き返ったんだし、あの黒いやつは犯人でもない楓ちゃんを気にせず削り取ろうとしてたんだもん。楓ちゃんが異常に強くて、あの黒いやつを撃退できたからよかったけどさ。よーちゃん、普通に無関係な人を言いがかりで消しちゃうところだったんだよ？」

それって、ただの邪悪じゃん？

沙紀ちゃんを殺した犯人たちとなにが違うのかな？

「そうですね。あの手の邪なものは、人が困ったときにやってきて優しく声をかけてくるものだと昔から相場が決まっています。神格とはいえ、始祖たる神のように絶対的な力を持つわけではありませんから、好き勝手に力を行使することはできない。あれらは契約に縛られるのです。対価さえ支払えばたしかに願いを叶えてくれますし、嘘をついたり約束を反故にしたりすることもできない。けれど、飽くまで自分の存在のために人の願いを利用するだけです。嘘をつかなくても人を騙すことはできますから。そして、仮に悪いものに騙されて知らずに邪悪に加担してしまったのだとしても、邪悪を行ったのであれば、それは間違いなく邪悪ではあるのです」

「ちょっと待って。声をかけるとか願いを叶えるとか、楓ちゃんはなにを言っているの？　あれはなんの前触れもなくいきなりやってくるただの現象みたいなもので、そんな意思疎通とかができるような存在じゃなくない？」

黒いやつはビュンビュンと伸びてくる触手以外にも、鎖に縛られた少女のような人型っぽい部分が存在してるし、唸り声を出すこともあるけど、意味のある言葉を発したことはないし、タールみたいな黒いドロドロに覆われていて顔も見えない。いつもわたしの都合とはまったく無関係に勝手に現れて、勝手に犯人を削り取って消えるだけだ。

「まあ明確な言語でのコミュニケーションはないかもしれませんけれど、でも意思疎通がまったくないなんてこともないと思いますよ？　神は空の概念ですから。誰かが願わない限り、自らの意志で動くということはありません。間違いなく、これは誰かが願った結果なんですよ。誰かっていうか、たぶん神野さんが」

わたしが？　この状況はわたしがなにかを願った結果だというのだろうか。

「猿の手とか、ペット・セメタリーとか、あとなにかありましたっけ？　フランケンシュタインはすこし違いますか。まあ、なにしろそういう系の。ああいう悪いなにものかに死者の復活を願うっていうのは、最悪な結末に繋がるものと相場が決まっています。たとえ善意や友愛からの行動であったとしても、優しく囁きかけてくる邪悪な存在を頼るというのは、それだけで邪悪な行いなんですよ、神野さん」

「邪悪邪悪って、楓ちゃんがわたしのことを邪悪なやつだと思っていることは分かったけどさ。それで結局のところ、わたしにどうしてもらいたいわけ？」

なんかいるよね。お前のせいだ、お前が悪いって言うばっかりで、どうしてほしいのかとか、どうすれば自分は満足するのかってところをほったらかしにしたまま、ただただ怒り続けるだけの人。怒ってるのはもう充分に分かったから、どうしてほしいのかをまず言いなさいよ。言うことを聞くか聞かないかは知らないけれど、それもぜんぶ、まずはちゃんと言ってからの話だ。どうしてほしいのかも言わないまま、ただ不満を言うだけなんて、あまりにも非建設的じゃない？

「うーん。言ったつもりだったんですけれど、まだ分かりませんか？」

楓ちゃんは、わたしの剣呑な視線もまったく気にせず、ただちょっと首を傾げる。

「運命というのは強力なんですよ。反則手をつかってすこしぐらい歪めてやったところで、川の水を土嚢で堰き止めようとするようなもの。元の筋に戻ろうとする運命の復元力によって、結局はまた蓮見さんが殺されることになってしまいます。なんど生き返らせても、なんどでも。だから、蓮見さんはまた誰かに殺されることになると思いますけど、そのときはもう蓮見さんを生き返らせようとするのはやめておいたほうがいいということです。ただそれだけのことで、この際限のない現象は止まります」

背後からわたしの制服を摑んでいる沙紀ちゃんの手に、ギュッと力が入る。

「死んだ人間を生き返らせようなんて思うことが、そもそもの間違いなんですよ」

沙紀ちゃんが生き返らなければ、もう二度と沙紀ちゃんは殺されない。沙紀ちゃんが生き返らなければ、あの黒いのがやってくることもない。いやまあ、理屈は分かるけど。

そんなこと、できるわけないいじゃない。

「大丈夫だよ」

わたしは楓ちゃんから目線を外さないまま、沙紀ちゃんの肩を抱き寄せて、言う。

「わたしは必ず、沙紀ちゃんを助けるから。なんどでも、なんどでも、絶対に沙紀ちゃんを生き返らせるから。わたしは、絶対に諦めないから」

その決意はとっくに済ませている。そして、わたしは改めて固く決意をする。これ以上、誰にも沙紀ちゃんを殺させないし、たとえ殺されたとしても、また必ずわたしが生き返らせてみせる。これから先も、たとえどんなことが起こったとしても、わたしは決して悪に屈したりはしない。

たとえ、わたし自身が邪悪に染まったとしても、沙紀ちゃんはわたしが守る。だって、沙紀ちゃんはわたしの友達で、わたしは沙紀ちゃんのことが好きだから。

わたしが沙紀ちゃんを生き返らせるのを阻むつもりなら、楓ちゃんは、わたしの敵だ。

「そうですか。それが神野さんの正義なんですね。まあ、正義なんて所詮は人それぞれですし、わたしにはわたしの正義があって、神野さんには神野さんの正義がある。でも、正義と正義がぶつかり合うなら、あとは戦って勝ったほうの勝ちです。どうします？　わたしと戦いますか？」

「無駄だ神野」

腕を組んで、いつも通りのぼんやりとした顔で楓ちゃんを見つめながら、昇が言う。

「俺たちの行動が、最終的にはあの黒いやつの圧倒的な力に担保されていたのは事実だ。法であろうと道理であろうと、すべての強制力は最終的には暴力によって担保されている。等々力があの黒いやつよりも強いのなら、俺たちにできることはなにもない」

法律が大抵の人に対して抑止力として機能したり、罰を与えることができたりするのは、警察がこの国において最強の暴力を有しているからに過ぎない。仮に範馬勇次郎みたいな、警察よりも圧倒的に強い個人が現実に存在したとすれば、その個人に法律を強制する方法はなにひとつないだろう。

「もうやめようよ、よーちゃん」わたしの背後から、沙紀ちゃんがわたしの制服の裾を引く。「なんか、わたし嫌だ。この感じ」

怯えた表情を見せている沙紀ちゃんに、楓ちゃんはフッとさわやかに笑いかける。

「まあ、そう心配しないでください。確かに、死んだ人間を生き返らせようなんて願うのは邪な考えだとは思いますが、わたしも守れる人はなるべく守りたいと思ってはいますし、せっかく生き返った蓮見さんを敢えて殺そうとも思いません。要は、もう殺されなければいいんですよ」

「でも、もし仮にまた沙紀ちゃんが殺されてしまったら、楓ちゃんはわたしが沙紀ちゃんを生き返らせるのを邪魔するつもりでしょう？」

「そうですね……。蓮見さんを殺すような邪悪な人間を看過することはできませんが、かといって、誰かを生贄にして邪な願いを叶えるというのも見過ごすわけにはいきませんから。わたしは、わたしの正義には背けません」

「もういいだろう、神野。ひとまず事件は一段落したんだし、この先の仮定の話で押問答しても意味がない。そんなことより等々力。あの黒いやつについて、なにか知っていることがあるなら教えてくれないか？」

昇が楓ちゃんにそう訊いて、楓ちゃんはちょっと驚いたような表情を見せる。

「なるほど。君は神野さんをサポートするだけの下部構造ではなく、自律的に思考していて、独自に動くこともあるのですね」と、弓を袋に仕舞いながら答える。

「境界はああいうものを忌み名と呼んでいます。まあでも、これは名を呼ぶのも忌まわしい存在、つまり名無しっていうことでしかないから、あまり意味はありません。なにかよく分からないもの、を言い換えているだけのことです。ですから、なにかを知っているのかと訊かれると、わたしもよくは分からないとしか言えないのですが、とにかく悪いものであることは間違いありません」

楓ちゃんはちらりと昇のほうを見る。昇は無言のまま、目で先を促す。

「触らぬ神に祟りなし。基本的には、怪奇現象だの超常現象などには近づかないのが一番良いのです。どのようなかたちであれ、そういったものと関わりを持ってしまうと、悪いことが悪いものを次々と引き寄せます。よく言うでしょう？　怖い話をしていると、怖いものがやってくると。そんなものは存在しないんだと目をつぶって、無視して生きている現実の人間が、結局のところは一番強いものなんですよ」

楓ちゃんは弓袋を背負い直して「それでは、わたし部活がありますので」と、軽く片手をあげて部屋を出ていく。

「あはは、楓ちゃんサッパリしてて去りかたまでかっこいい〜。ていうか、転化せしめよ!!　だっけ？　寺生まれ設定のはずなのに、神道が混じってる気もするけど」

楓ちゃんがいなくなるなり乃亜ちゃんがそう言って、ピリピリと張り詰めていた場の空気がちょっと弛む。というか、乃亜ちゃんも楓ちゃんと一緒になってわたしを責め立てていたような気もするんだけれど、そこはもういいらしい。わりとアレだよね。実は自分の意見なんか別になくて、その場の雰囲気に乗っかって適当なことを言ってるだけだよね、乃亜ちゃんって。たまに言葉が刺さるのも、ただのマグレな気がしてきた。

「あ〜疲れた〜」と、わたしも敢えて普通っぽい口調で言ってみる。「頭使ったからかな？　ものすごく甘いものが食べたい口になってる。帰りにクレープ買っていこうよ」

「うん、そうだね」と、沙紀ちゃんが頷く。「あ、ていうか結局、掃除ぜんぜん終わってないや」真面目かよ。沙紀ちゃんやっぱ、めっちゃ真面目だな。

「あ、しまった！　そういえば、まだ掃除やってないじゃん。ドサクサで楓ちゃんに逃げられちゃった」と、乃亜ちゃんも言っていて、その日常らしさの確かな感触に、わたしはすこしだけ笑う。

「まあいいんじゃん。わたしも手伝うから、パパッと掃除すませて帰っちゃおうよ」

そうだ。非日常の場はもう終わり。わけの分からない黒いやつとか、寺生まれで正義マンな拝み屋女子高生とかに、いつまでも引っ張られているわけにはいかない。わたしたちはわたしたちの日常に帰らなければならない。

相手が頭のおかしい殺人鬼だろうと、超常的な力で呪い殺してくるオカルティストだろうと、黒くてなんだかよく分からない神様の一種だろうと、わたしたちの平穏な日常を奪う権利なんて、誰にもありはしないのだ。絶対に。

# 幕間3　結局、　　　沙紀ちゃんのこと

わたしは沙紀ちゃんのことが好きだから、また沙紀ちゃんの話をするんだけど、ちょっと待って、せっかくここまで聞いたんだから、どうせなら最後まで聞いていきなよ。わたしの場合、本気で寝ても醒めてもずっと沙紀ちゃんのことを考えているものだから、夢にもしょっちゅう沙紀ちゃんが出てくるんだけれど、夢の中だと沙紀ちゃんはだいたい誰かに殺されているんだよね。

夢の中で、小学生の頃の沙紀ちゃんが頭から血を流して死んでいる。主には頭部の損傷が死因っぽいけれど、手足も変なところで折れておかしな方向を向いてしまっている。こんな悲惨な状態でも、やっぱり綺麗な印象が消えないのはすごいと思う。

「階段から落ちたんだね」

まだ小学生の身体の小さい昇が、沙紀ちゃんの脇に屈みこんで死体の状況を調べている。馬鹿みたいにダボダボのハーフパンツがスカートみたいで、そこから棒っきれのような細い足がひょろんと飛び出している。

「足跡が最後のひとつまでくっきりとしてたから、たぶん事故じゃない。足を滑らせたのなら、最後は引き摺ったみたいな跡になるはず。沙紀ちゃんは最後、ズルッと落ちたんじゃなくて、ポンと前に跳んでいる。誰かに後ろから突き落とされたんだ」

さすがは昇。こんなに小さい頃から、こういう系のクールな探偵キャラだったっぽい。

「よーちゃんがやったんじゃないの？」と、昇が言う。

「だから、わたしじゃないってば」と、わたしは答える。どうして昇はそうすぐ、わたしを犯人にしたがるんだ。

「わたしじゃない!!」と、別の子供の叫び声がして、見てみると沙紀ちゃんの死体の脇に、小学生のわたしもいる。ああ、なるほど。むかしの自分の中に入るパターンじゃなくて、わたしは別の視点でわたし自身のことを見ているほうのパターンか。夢にも、一人称視点のときと三人称視点のときってあるよね？　これは三人称のほうっぽい。

まだ小さなわたしは、沙紀ちゃんが死んでいることにビビりまくっていて、暗がりでしゃがみ込んでめちゃくちゃ泣いている。う～ん、初々しい反応だなぁ。今でこそこんな感じだけど、わたしもやっぱ最初の頃は本気で怖かったんだよ。

「誰かが蓮見を殺したんだ。神野、また犯人を見つけないと」

気が付くと、いつの間にか場面が切り替わっていて、今度は体育館のバスケットボールのゴールから沙紀ちゃんが首吊りの状態でぶら下がっている。これはまだ小学校のときだけれど、昇も沙紀ちゃんも身体が大きくなっているから、高学年になってからだ。

「死斑が背中に出ている。つまり、蓮見の死体はしばらく横向きに寝かされていて、死斑が定着したあと、ここにロープで吊るされたんだ。死因は首吊りじゃない」

この頃にはすでに、昇はわたしのことをよーちゃんではなく神野と名字で呼ぶようになっていて、わたしよりもずっと小さかった身長も同じくらいにまで伸びている。もとからかわいげのある子供ではなかったけど（顔はかわいかったけど）より太々しさが増している。いつから、昇はわたしを神野と呼ぶようになったんだったっけ？

「おのれ！　卑劣な殺人犯め!!　かならず見つけ出して報い（むく）を受けさせてやる!!」

わたしもそれなりに身長が伸びて、しゃがみ込んでめちゃくちゃに泣いていた面影はもうすっかりない。拳をわななかせて怒りに燃えている。客観的に見ても、友達の死体がすぐ脇にぶら下がってるのに、それってどうなの？　みたいな反応なんだけど、いやはや慣れとは恐ろしいものだね。

「たしかにこの特徴的な筆跡は蓮見のものっぽいし、内容も自殺を仄めかすもののように読めるけど、これは遺書じゃない。神野は知らなくても無理はないけれど、ちょっと古いバンドのクソみたいな歌謡曲の歌詞そのままだ。たぶん犯人がなにか理由をつけて、生きているうちに蓮見に書き写させたんだろう」

またシーンが切り替わる。沙紀ちゃんは保健室のベッドで眠るように死んでいて、サイドテーブルにはルーズリーフに書き残された遺書のようなものが置かれている。昇は黒の学ラン姿だから、これは中学生の時の事件だ。

「ていうことは、犯人は事前に沙紀ちゃんにそれと知られないよう遺書みたいな文章を書かせていたわけで、少なからずの交流があった人間に限定できるわけだよね」

「うん。十中八九、クラスメイトの誰かだと考えて間違いない」

このへんになってくると、わたしの反応も素早くなってきている。場数を踏んで、沙紀ちゃんが殺されているという状況に慣れてきて、驚いたり悲しんだりするよりも先に、即座に「よし、推理して犯人を言い当てて沙紀ちゃんを生き返らせよう」っていう発想で行動できるようになってきている。いっぱしの探偵役っぽくなってきている。習うより慣れよとは、よく言ったものだ。

しかし、こうして振り返ってみると、よくも今まで、際どいながらも曲がりなりにも全ての事件を解決して、沙紀ちゃんを生き返らせてこれたよなぁって思う。たぶん、わたしひとりだったら泣いているばかりで、一番最初の事件でもう詰んでいただろう。もともと理屈っぽくて探偵気質の昇がずっと一緒にいてくれたから、なんとかやってこれたんだと思う。わたしは最後に犯人を名指しする係を担当していただけで、一番最初にその役割を引き受けてしまったから引き続き探偵役をやっていただけで、本来は昇こそが探偵のポジションだ。わたしは事件を記述する傍観者に過ぎない。

そういう意味ではわたしと昇の、通算十年連続同じクラスという、呪いにちかいレベルの腐れ縁というのも悪いことばかりではない。沙紀ちゃんとは小学校も中学校も高校も、学校はずっと同じだけど、クラスまで一緒になったことはほとんどないんだよね。

生き返ると、沙紀ちゃんはいつも深い眠りから目覚めたときのようなぽやっとした表情を見せて、ゆっくりと周囲の状況を確認する。自分がまた殺されて生き返ったのだということを理解して、それから、わたしの目を見る。

「ありがとう、よーちゃん」と言って、柔らかく笑う。

沙紀ちゃんが笑いかけてくれると、ああ、自分はちゃんと正しい道を歩めているのだなと思う。ちゃんと善さの方に向かえていると、確信できる。

死者を生き返らせようなんて考えるのがそもそもの間違いで、殺された人間は殺されたままにしておくのが正しいのだなんていうのは、古い宗教的な道徳観を拗らせたやつの詭弁だ。これから先もなんどでも、わたしは必ず沙紀ちゃんを生き返らせる。

# 第4話

# 七月は今さら探偵が犯人

わたしは沙紀ちゃんのことが好きなのでお昼ごはんは特進科の教室まで行って一緒にお弁当するのが日課なんだけど、乃亜ちゃんと楓ちゃんは同じクラスだし近頃とみに沙紀ちゃんと仲がいいらしくて、じゃあみんなで一緒に食べようねみたいな話で机をくっつけて四人でお昼するっていうのがここのところのパターンで、まあ乃亜ちゃんはちょっと捉えどころがないとはいえ基本的にはいい子だからそんなに気にならないんだけど、そこにしれっと楓ちゃんまで普通に混じっているのは何故だか腑に落ちない感じがするし、わたしはわりと露骨に顔に出るタイプだから乃亜ちゃんにすぐバレて「ひょっとしてよーちゃんって楓ちゃんのこと嫌いなの？」とか訊かれてしまう。

でまあ、嘘ついても仕方がないから素直に「や、嫌いってわけでもないんだけど、なんかちょっと苦手かな～みたいなのはなくもないかも」とか、結構つよめのことを言ってみるんだけど、楓ちゃんのほうは「でも、わたしも蓮見さんと熊谷さんくらいしか友達がいないので、けっこう深刻に、このグループの仲間に入れてほしいんですよね」なんて素直に言うから、わたしのほうが大人げないみたいだし、普通に言わなくていいこと言っちゃった感があって、すこし後悔するけれど、覆水盆に返らず。

「まあね。楓ちゃんは表情かたいし正義マンだし、最初はとっつきにくいところあるけど、これでもよくよく見てると喜んだり笑ったりもしてるんだよ。眉毛と上瞼の微妙な角度に注目するのがコツだよ」と言いながら、乃亜ちゃんが笑ってて、乃亜ちゃんのそのJPEG画像を貼り付けたみたいな一切変化しないニコニコ笑顔もたいがい読みにくいよ？　とか思う。いやまあ、わたしが楓ちゃん苦手なのは別に感情表現の平板さとかそういうところじゃなくて、なんかもっと根本的な部分でこんな風に「お友達〜」みたいになっちゃうのはちょっと違うんじゃないの？　って感じるからなんだけど。

う〜ん、楓ちゃんの性格が嫌いっていうよりは、どっちかっていうと「筋が違うんじゃない？」みたいな気分で、でも沙紀ちゃんが「みんなが仲良いのはいいことだよね。乃亜ちゃんとか楓ちゃんとか新しい友達ができて、わたしと仲良くしてくれるのはすごくうれしいし、わたし以外ともお互いに仲が良かったらいいのにな〜とは思うよ」って言うから、沙紀ちゃんがいいならわたしも別にいいか〜って深く考えるのはやめておく。

それに、最初こそ楓ちゃんのこと「ちょっと苦手だな〜」とか「なんか嫌だな〜」とか思ってはいたものの、なにしろ毎日一緒にお昼を食べてるから近頃はさすがに慣れてきたし、そこそこ話すようになってみると四角四面で堅苦しいな〜って思っちゃうところはなきにしもあらずとはいえ正義感が強くて間違ったことは絶対にしないタイプの普通に意外といい子だし、普通に意外といい子な人を頑なに嫌いでい続けるのもそれはそれで難しいもので、嫌いでもない人を無理して頑張って嫌い続ける努力みたいなのはいくらなんでも不毛すぎてアホらしいから、うんまあ、今はもうそこまで嫌いだったり苦手だったりもしないかも。なんであれ、慣れっていうのはやっぱ大事だよね。

逆に好きな人を好きでい続けるための努力っていうのはやっぱり必要なことで、いくら今その人のことが好きだったとしても、どんなに大きな気持ちだったとしても、この宇宙を生み出したビッグバンの熱ですら冷めていくくらいなのだから、放っておいたら好きっていう気持ちは減衰していってしまう（エントロピー増大則）ものだし、なんのテコ入れもせずに自然といつまでも好きでいられるなんてことはなくて、好きな人をいつまでも好きでい続けるためには好きでいることに慣れちゃうとダメで、定期的に自分自身で「好き〜」っていう気持ちを補充しなきゃいけないと思う。止まらず進み続けるために、時々は自分でペダルを漕ぐ必要があると思う。ちゃんと努力して、好きなところを見るように心がけたりするべきだと思う。

　こんなことを言うと「無理に好きでいるみたいで不自然」てきなことを乃亜ちゃんに言われたりもするけれど、不自然な感情は悪くて自然な感情が良いものだっていう前提がそもそも間違えているんじゃないかなって。感じるままに自然に任せると言えば聞こえはいいけれど、それって自分の感情の手入れをしないってことだし、わたしは人間の手が入っていない自然のままの荒れ地よりは、ちゃんと手入れの行き届いた庭園のほうが綺麗だなって思うから、自分の心は綺麗な庭園みたいであってほしい。不自然でも全然いいから、自分の感情くらいは自分でコントロールしたい。

　ていうか、もともとわたしはなんで楓ちゃんのことが苦手だったんだっけ？　まあ、思い出せないくらいのことだから大したことじゃなかったんだろうな〜って気もするし、最近はそのへんのことを深く考えるのはやめにした。わたしは好きなものが少なくて嫌いなものと苦手なものばかりが多くて、一度嫌いと思ってしまったらそれがなかなか修正されない偏屈者ではあるけれど、それにしたって自分から無理して嫌いなものばかりを作り出して偏屈者を気取る必要なんかはまったくないのだ。嫌いなものとか嫌なことは少ないほうが、普通に世の中、生きやすいし疲れない。

そんなわけで結局のところ、わりと乃亜ちゃんとも楓ちゃんともそこそこ仲良くはやっていて、近頃は周囲からもこの四人でひとつのグループと認識されているっぽい。

「わたし、昔からよーちゃんくらいしか友達がいなかったから、こんな風にみんなでワイワイみたいな雰囲気はあんまり経験なくて、なんか楽しいな」って、沙紀ちゃんが自作のお弁当（自作ですよ！）のえのきの肉巻きを箸でつまみながら綺麗に笑うから、もうあらゆる因果は洗い流され原罪は赦しを得て、雨は止み雲が割れ陽の光が射し、鳥たちは空を舞い歌い草花は風に踊り、おお見よ、世の罪を除きたもう神の子羊だ。って、なんの話だったっけ？　うーん、いま微妙になにかが引っかかった気がしたんだけど、雲間から降り立った大天使ミカエルがラッパを吹き鳴らしたあたりでぜんぶ忘れてしまった。まあいいかって、サンリツのカニパンの脚をもぐ。食べる。うまいってこともないけど「そうそうこれだよね？」みたいな安定の味。こういう素朴さも大事だよね。

「あはは。楓ちゃんだけじゃなくて、この四人は程度の差こそあれ全員わりと友達ができにくいタイプっぽいからね。わたしも喋る相手はいても友達ってほどの子は他にいないし、沙紀ちゃんもレベル高すぎて敬遠されるのか、クラスの子たちから一定の距離は保たれている感じだし。よーちゃんは沙紀ちゃん以外にまったく興味ないし」

そうは言っても、やっぱり多少の友達はいないと快適な高校生活を送れないからね〜、なんて言いながら乃亜ちゃんはベジマイトを塗りたくったパンをモリモリ食べる。これマジでめちゃくちゃまずいんだけど、乃亜ちゃんはどうやらまずいものが好きらしい。

「そうですよ。序盤にうまくグループを形成できなかったはみ出し者同士が二軍を結成するのは自然な流れですから、別に無理に仲良くしてもらう必要はないんですが、グループに受け入れてもらえるとうれしいです」

そんな風に、楓ちゃんが鉄壁の無表情キープで謙虚なことを言うんだけど、序盤にうまくグループを形成できなかったはみ出し者同士っていう部分はそういう側面もなくはないかなぁって感じはしても、ぜんぜん二軍って雰囲気ではない。どっちかっていうと、ヨーロッパの真ん中にいきなり空から巨大なムー大陸が襲ってきたって感じで、教室の他のお弁当グループの子たちも遠巻きに様子を窺っている気配だし。

沙紀ちゃんはもうその微笑みだけでこの世の咎のすべてを浄化してしまう系の超越的な美人さんだし、乃亜ちゃんも性格的な面を無視して顔だけで評価すれば相当にかわいい部類だし、楓ちゃんは楓ちゃんでボーイッシュなタイプだから美人とか、かわいいとかとはまた評価がズレるけれども顔の造作じたいは平均以上に整っているしで、見栄えだけで評価するなら二軍どころかむしろトップアスリート集団って感じなんだよね。

そのうえ、全員それぞれに摑みにくい性格をしているものだから、クラスの他の子たちからしたらよっぽど扱いに困るグループになっているだろう。ていうか、なんでここにわたしが混じっているのかが一番意味分かんないね？（↑顔面偏差値48）って、いやそういう話じゃなくてさ。なんかがこう、引っかかったような気がするんだけど。

「たしかにわたしは沙紀ちゃんにしか興味がないし、沙紀ちゃんとはずっと仲が良いけれど、それにしたって沙紀ちゃんにわたしぐらいしか友達がいなかったってことはないんじゃないかな。だってほら、小学生のときとか神社の境内でよく遊んだじゃない？」

あ、そう。これこれ。わたしは沙紀ちゃんが言った「昔からよーちゃんくらいしか友達がいなかった」に引っかかりを覚えたの。なんか他にもいなかったっけ？

「え？　そんなことないよ、たぶんだけど。たしかに神社の境内ではよく遊んだけど、そのときも、わたしとよーちゃんのふたりだけだったじゃない？」

わたしの疑問に「そもそも、近所に歳の近い子供のいる家が少なかったし」って沙紀ちゃんが答える。うん、わたしと沙紀ちゃんの家は小学校の子たちがたくさん住んでた新興の住宅地からはちょっと離れた農地の真ん中にポツンと建っていて、いちど家に戻ってしまうとわざわざ出かけてまで他の子たちと遊ぶのが億劫になってしまう感じだったのだ。それでよく、一緒に近くの神社の境内で遊んだりしてたんだけど。

「でもほら、あの頃のわたしたちって、よく地面に棒で線を引いて、ボールをぶつけあって遊んだりしてたしさ」って、首をぐいっと捻じって記憶の奥底を浚いながら、わたしは言う。「ボールをぶつけられた時に『あいたっ！』って言おうとして、間違えて『わいたっ！』って叫んじゃって、それがすごく恥ずかしかった記憶があるんだよね。聞き流してくれればいいのに、沙紀ちゃんも『よーちゃん、いまわいたっ！　って言わなかった？』とかって、すごく笑ってて」

「あはは、なにそれ。マジで心底どうでもいい記憶じゃない？」

乃亜ちゃんが笑う。うん、マジで心底どうでもいい記憶なんだけど、なんか、そういうどうでもいいことに限ってしっかり覚えてたりするものじゃん？　他にもふと見上げた空がマジで紫色のセロファンを貼ったみたいな嘘くさい紫色をしていて、急に怖くなって家まで走って帰った記憶とか、雷が怖すぎて「声を吹き込むと自分の声を目覚ましのアラームとして使うことができるオウムの形をした目覚まし時計」に「くわばらくわばら」って吹き込んで、その音声を延々と流しながら毛布を被っていたこととか、あとなんだっけ？　なんか鳥居のところでめっちゃ泣いている覚えもあるんだよね。そういう、断片的なのに妙に詳細なディティールまで覚えている記憶っていうのが結構あって、「わいたっ！」もその類のやつ。たぶん、通常の羞恥心とはまた違った、あの独特の恥ずかしさが妙にユニークで、その記憶だけがやけに深く脳裏に刻まれてしまったんだと思う。前後の記憶はもうかなり曖昧だけど、頭にボールがぶつかって、わたしが「わいたっ！」と叫んだっていう出来事は確実に過去に存在したはずだ。

「よーちゃんが『わいたっ！』と叫んだのは、わたしには覚えがないけど、でもどうしてその記憶がわたしによーちゃんしか友達がいなかった話に関係してくるの？」

頭を捻って自分の記憶を探りながらウンウンと説明するわたしに、沙紀ちゃんが訊く。

「だってほら、ふたりではどう頑張ってもボールをぶつけあう系の遊びはできないもの。ドッヂボールはもとより、より少人数でも可能な中当てにしても最小催行人数は三人だから、少なくとももうひとりは必要になってこない？　いくらなんでも、沙紀ちゃんとわたしのふたりだけでお互いにボールをぶつけあうような遊びはしないと思うよ」

「あ〜、言われてみればそうかもね」

乃亜ちゃんは「そうかな？　ふつうにふたりでボールをぶつけあうだけでも結構おも

しろかったりするんじゃない？」とか言うんだけれど、その曖昧なルールで日暮れまで延々遊ぶのはいくらアホの子供でもさすがに厳しそうな気がするし、わたしの記憶の中ではわたしと沙紀ちゃんは神社の境内で日暮れ近くまで遊んでいる。ていうか、やっぱそう。わたしたちがやっていたのは中当てで、だから最低でももうひとりは誰かが一緒にいたはずだと思う。えっと、あれは誰だったっけ？

「よく分かりませんが、それはそんなに考え込むほど重要なことなんですか？　子供の頃の記憶が薄れたり曖昧になったりするのなんて、普通のことですし、神野さんの他に誰かもうひとりいたのかもしれませんが、蓮見さんはその子のことを友達とまでは思ってなくて、記憶から完全に抜け落ちてるだけかもしれません」

楓ちゃんの言葉に乃亜ちゃんも「そうそう」と首を縦にブンブン振って同意する。うわ、やっぱ首の据わりが悪くて不安になるなその動き。頭ポロッと落っこちそう。

「よーちゃんはその誰かを友達だと思っていたのかもしれないけれど、どの水準から友達だと思うかなんて人それぞれだし、一緒に日暮れまで中当てして遊んでても沙紀ちゃんはその子のこと、友達とは思ってないってことも普通にあるんじゃないかな？」

仮にその当時は友達だと思っていたのだとしても、人間ってちょっと会わないだけでも驚くほど忘れちゃうものだし、それに結局のところよーちゃんだって、誰かがいた気がするってことは覚えてても、詳しいことはもう思い出せないんでしょう？　わりとそういうもんだよ。友情なんて儚いね〜。

うーん、そう言われるとそうなんだけど、でもなんか妙に引っかかるんだよね。

「あー、ダメだ。思い出せない」

わたしが諦めて頭を振ると、乃亜ちゃんが「そういうとき、逆向きに歩いたりすると思い出したりするよね」と言う。

「逆向き？」

わたしが眉をねじって「どういうこと？」の顔を向けると、乃亜ちゃんは「あれ？やらない？」と、ぐりんっ！　と首を傾げる。うわぁ、だからびっくりするからその極端に首が据わってない感じ本当にやめて？

「冷蔵庫開けて、あれなにを取り出そうとしたんだっけ？　ってなったりするじゃん。そういうときは、そのままビデオの逆再生みたいに逆向きに行動してみるの。冷蔵庫の扉を閉めて、後ろ向きに歩いていって、リビングの引き戸を後ろ手で開けたあたりで『あ、そうだそうだ』ってなったりするから、けっこう効果的だよ？　それでリセッシュを取りに来ただけで冷蔵庫まったく関係ないとかもあるけど」

　ああ、ある。あと何故か冷蔵庫の中でリセッシュが冷えてるとかも全然ある。マジで人間の無意識の行動って不思議だよね。まったく身に覚えはないんだけれども、自分でリセッシュを冷蔵庫に入れた以外の可能性は皆無だから、たぶん自分で冷蔵庫にリセッシュを入れちゃってるんだよ。あれなんなんだろうね？

「まあ、そんなに気にする必要もないんじゃない？　よーちゃんが沙紀ちゃんに友達として認識されていなかったってわけじゃないんだし、沙紀ちゃんがよーちゃんのことしか友達とは認識してなくて他の子のことは記憶から完全に抜け落ちちゃうほどどうでもいいって思ってたんだとしたら、よーちゃんてきにはむしろ嬉しいことっぽいじゃん」

　乃亜ちゃんの台詞に、わたしも素直に、あ、それはそうかもね？　とか思ったりする。なるほどなるほど。わたしってば沙紀ちゃんにとってもわりと唯一無二の存在だったたってことじゃん。周辺の住環境とかの要素だけでなく、他に選択肢がなかったからっていうだけのことじゃなくて、ちゃんと沙紀ちゃんがわたしを選んでくれてたってことだもんね。うん、それはたしかに嬉しいことだ。なるほど、何事も解釈のしようだな〜。

「あはは、そうか。よーちゃん今までは沙紀ちゃんにとって唯一無二の友達だったのに、わたしや楓ちゃんが増えてそれが分散されちゃったから、それで苦手意識を持ってたんじゃない？　要するに、ジェラシーだね！」

うう〜ん？　その解釈はさすがにいかがなものかって感じもするけれど、自分でも強く否定しきれない部分はなくもない。これでも、わたしはちょっと普通じゃないくらいに沙紀ちゃんのことが好き過ぎて友達って域は軽く超えてるっていう自覚はいちおうあるので。まあでも恋愛感情ではないし独占欲もないし、沙紀ちゃんにわたし以外の友達が増えて、それで沙紀ちゃんが楽しそうにしているのを見るのは普通に嬉しい。

「まあ一般論ですが、一対一の関係性って歪みが発生しやすいものですから、風通しをよくする意味でもわたしたちとグループを形成するのは悪くないと思います」

楓ちゃんも、なんかけっこう本気で推してくるよね？　ひょっとしてこのグループに入れてもらえないと困っちゃうっていうの、そこそこガチな話なんだろうか？　って思って「別にここじゃなくても楓ちゃんならどのグループにでも潜り込めそうな気はするけど」と、わたしが言うと、乃亜ちゃんが手をパタパタ横に振って「それがそうでもないんだって」と、答える。

「楓ちゃんはほら、単騎でのパワーが強すぎるから、グループそのもののポテンシャルもそこそこ高くないと集団を維持できないんだよね。そこらへんのグループにポンと楓ちゃんが入っちゃうと、けっこう迷惑だと思うよ」

なんじゃそれ。分かんないこともないけれど、乃亜ちゃんヘラヘラとした顔でわりとキッツイこと言うよね。わたしの苦手意識も結局はこういうとこだったのかも。

「まあでも、寄せ集めのブレーメンの音楽隊っぽさはあるけど、わたしたちってそこそこいい感じの四人組グループじゃない？　みんなバラバラだし尖ってるんだけど、これはこれで絶妙にバランスがとれてるみたいな」

だから今さら「たられば」の話する必要もないじゃん？　わたしたち四人で仲良くしようよって言う乃亜ちゃんの「四人組グループ」という語に、わたしはまたなにかが引っかかる。四人組？　えっと、わたしと沙紀ちゃんと乃亜ちゃんと楓ちゃんで、あ、うん、たしかに四人組のグループだよね？　あっれ〜？

「わたしたちって四人組のグループだったたっけ？」

「え？　なによーちゃん、ものの数も数えられなくなってきた感じ？　普通に変に考えすぎなんじゃない？　一回あたまを休めたほうがいいかもよ？」

と、常に笑顔ＪＰＥＧを顔面に貼り付けていて、楓ちゃんとはまた別方向に無表情な乃亜ちゃんが、珍しく眉根を寄せて本気で心配しているみたいな顔をする。いや、そんな本気で心配してくれなくても、さすがにものの数くらいは数えられますよ失礼な。まあ別にいいんだけど。ていうか、そうじゃなくて。

「なんか、もうひとり誰かいなかったっけ？」と、わたしは訊く。

「誰かって？　別に誰もいないと思うけど」と、乃亜ちゃんが返事をする。「あれ？　ひょっとして、神隠しとか⁉」と、嬉しそうな笑顔を見せる。「あ、そういえばよーちゃんの家の近くで、むかーし神隠しに遭った男の子がひとりいたはずだよ？　たしか、まだ見つかってなかったんじゃないかな？　ひょっとして、よーちゃんが言ってるもうひとりの誰かって、その子のことなんじゃない？」

あれ？　そんなことあったっけ？　と、思って沙紀ちゃんに顔を向けてみるけど、沙紀ちゃんもあんまり分かってない風のはんぶん笑顔、はんぶん困り顔って表情だし、楓ちゃんは無表情で、なにをどう思っているのか外からはまったく分からない。

「うーん？　たぶん、そんな子供の頃の記憶の話とかじゃなくて、もっと今も身近なはずの人のことをすっかりド忘れしてしまっているような気がするんだけど」

「でも、四人が四人とも誰かのことをすっかり忘れちゃうなんてこと、普通はないんじゃない？」と、沙紀ちゃんが言う。

「そうだね。他の三人はみんな知らないって言ってて、よーちゃんだけが誰かいたって言っているんだから、可能性としてはよーちゃんの思い違いか勘違いってほうが大きいと思うよ」と、乃亜ちゃんも否定する。わたしも実際、そう思う。そう思うんだけど。

いや、これはそういうのじゃない。

わたしはこの感覚を知っている。

神隠しじゃなくて、これは現実が均されているのだ。

なにかがあって、誰かが消えてしまって、その誰かに付随していた諸々の出来事もすべてひっくるめてなかったことになってしまう。雑に周囲と辻褄を合わせられてしまう。認識を平らかに均されてしまう。存在そのものが、存在していたこと自体がこの世界から削り取られてしまって、消えたことがニュースにすらならない。

そういう現象に、わたしはこれまでなんども行き合ったことがあったはずだ。

現実が均されてしまうと、消えてしまった誰かのことを思い出すのは難しくなる。この四人に限らず、誰の認識にも引っかからなくなってしまうし、やがて違和感すら覚えなくなっていく。そういうことがあった気がする。

現実が均される？　なにそれ？　って思う自分もいるんだけど、自分でコントロールして考えている部分じゃなくて、なんか本能みたいな部分が「これは現実が均されているんだ」って訴えかけてきている。この世界では、そういうことも起こるのだ。

なにがあったのかは知らない。誰が削られてしまったのかも分からない。けれど、これはきっとそういうことだ。消えてしまった誰かはかつて確かに存在していて、わたしのすぐ身近にいたはずなのだ。

えっと、なんだっけ？　脳裏に、背の低い男の子の後ろ姿が微かに思い浮かぶ。すこし振り返るようにして、俯けた顔の鋭角な頰と顎のラインが見える。長い黒髪に隠されていて、表情を窺うことはできない。これは、いったい誰だったっけ？

「たしか、同じクラスの男の子で……」

わたしがこめかみに握りこぶしを当てながらウンウンと唸っていると、向かいの席で乃亜ちゃんが「あはは、よーちゃんなにを言っているの」と、朗らかに笑う。

「うち、女子高じゃん。クラスに男の子なんかいるわけないよ」

あ……。

「あ、そうか」

そうだった。うちって女子高じゃん。男の子のクラスメイトなんか、最初からいるわけないわ。そりゃそうだ。

「あっれ～？　わたし、なにをそんな勘違いしていたんだろう？」

あまりにもあまりなド派手な勘違いに自分でもマジで意味が分かんなくて背筋に寒気を覚えるんだけど、わたしのそんな反応なんかお構いなしに、乃亜ちゃんは「よーちゃんそれ勘違いってレベルじゃないよ！　そんなウンウン考え込むよりも、あたまを休ませたほうがいいって、わりとマジで！」と、爆笑している。表情じたいはいつもの鉄壁の微笑みをキープしたままで爆笑しているので器用だなって思う。ていうか、ぶっちゃけちょっと怖い。なんなのそれ？

「うーん、そうかな？　ひょっとしたらそうかも」

「そうそう。なんか人間の脳ってときどきそういうことが起こるらしいし。デジャヴとかジャメヴとかゲシュタルト崩壊とか。穏やかな変わらない日常にふと不安を感じちゃうみたいな思春期てきな不安定さの一種かもね？」

変わらない日常にふと不安を、感じちゃったんだろうか？

まあなんにせよ、お昼ごはんの場では「人の記憶って儚（はかな）いよね～」みたいな曖昧な感じでその話は終わったんだけれど、わたしは午後の授業のあいだもずっと脳裏になにかが引っかかっていて気になって気になって、放課後になってもまだモヤモヤしてたから、やっぱこれは放置するとあんまりよくないんじゃないかなって思えてくる。

ひとたび思い出してしまうと、わたしと沙紀ちゃんの他に誰かもうひとり男の子がいたはずだっていう感覚は全然消えないし、完全なわたしの思い違いだとは考えられない。でも、客観的にはうちは女子高なんだから、男の子の同級生なんかいるわけないし、わたしの思い違いとしか説明ができない。

たしかに、わたしには「現実が均される」という謎の現象に対する認識があって、誰かのことを思い出せなくなってしまうっていうことが、この世界ではときどきあるということをなぜだか知ってはいるんだけれど、でもそれにしたって共学校を女子高にしてしまうような規模の「均し」は起こらない気がする。

あれはただ現実を「均す」だけで、穴とかへこみをとりあえず埋めるだけで、わたしたちの認識をちょっと歪めてしまうだけのことで、そんな現実そのものを物理的に大規模に造り替えてしまうほどの現象ではなかったはずだ。

でも、どれだけそういう理屈を並べてみても、わたしの脳裏の男の子の影は消えてはくれない。たぶん、完全な妄想とか幻影とかではないと思う。

なんか分かんないけれど、とても重要なことを置き去りにしてしまっている感じがするし、それはたぶん、本当に良くないことだ。

なので、わたしは記憶の冷蔵庫を開けてみることにする。

とはいえ、なにを取ろうと思って冷蔵庫を開けたんだっけ？　っていうようなレベルのちょっとした物忘れじゃなくて子供の頃の記憶の話だから、今からそこまで全部を後ろ歩きで逆再生するわけにはいかないんだけど、実際にその場所に行ってみればなにか思い出すこともあるんじゃないかなって感じで、終わりのホームルームが終わるや否や、わたしは特進クラスまでビューーッと飛んでいって、沙紀ちゃんに「ねえ、今日の帰りにあの神社に寄ってみない？」って声を掛ける。

「あれ？　よーちゃんまだそのこと気にしてたの？」

と、沙紀ちゃんはスクールバッグに持って帰る教科書を詰めながら不思議そうな表情を見せる。うーん、ちょっとだけ眉間によった皺までソウキュート!!

「うん。自分でもなんでだか分からないんだけど、とても重要なことのような気がしちゃってさ。わたしひとりで行くよりも、沙紀ちゃんとふたりで行ったほうが、なにかを思い出すきっかけも多いだろうし」

あと単純に、どうせなら沙紀ちゃんと一緒に行動したいし。

「あ〜、でもごめんね。今日はダメだ〜。この後、委員会があってたぶん結構、遅くなっちゃうんだよね。日暮れまでに間に合わないかも」

あーそうか。あそこの神社ってマジで街灯もなにもないから、陽が落ちちゃうと本気の真っ暗になっちゃうもんね。沙紀ちゃんは「明日なら行けるけど？」って言ってくれるけれど、まあ別にどうしても沙紀ちゃんについてきてもらわないといけないってこともないし、なにも思い出せなければまた明日、沙紀ちゃんと一緒に行けばいいだけのことだから、わたしはひとまず、ひとりで神社に行ってみることにする。

沙紀ちゃんに「じゃあ委員会がんばってね。また明日ね〜」と手を振って、そそくさと下足室でローファーに履き替えたところで、いきなり背後から楓ちゃんに「神野さん」と、声を掛けられて「わーっ！」って、めちゃくちゃびっくりする。

「なんだ楓ちゃんか。まったく気配がなかったから驚いちゃった」

マジで背後にいきなり生えて出たみたいな感じで、近づいてくる足音もなにもなかったんだけど、これも弓道をやっているせいなの？　暗殺者かなにかかよ。

「その思い出せない友達のことを、まだ気にしているのですか？」

わたしの反応はまるっと無視して、楓ちゃんがまっすぐにわたしの目を見て問いかけてくる。楓ちゃんの黒い瞳でジッと見つめられると、わたしの内側の、魂みたいななにかを吸い取られてしまいそうな気がして、ちょっと嫌な感じがする。

「う……ん？　そうだね。やっぱ自分の記憶が思い出せないって、気持ち悪いしさ」

意図して声音に困惑を混ぜ込みつつ、わたしがそう返事をすると、楓ちゃんはふ〜っと静かに息を吐いて、吸って、それからまたわたしの目をまっすぐに見て、言う。

「神野さんは、現状のなにが不満なんですか？」

「なにって……え？　なに？」

むしろ、楓ちゃんがなに？　なんか質問がぼわっと抽象的で、なにを言いたいのか訊きたいのかよく分からないんだけれど、まあ今なにが不満なのかと訊かれれば「思い出せなくてなんか気持ち悪い」ってくらいの話なんだけど。

やっぱりそういうわたしの困惑は完全に無視で、楓ちゃんは勝手に話を続ける。

「蓮見さんがいて、熊谷さんもいて、ちゃんと友達がいて、学校の中ではちょっと浮き気味ではあるけれど、それでもそこそこはマトモな高校生活で、これって、神野さんがずっと願ってきたもののはずでしょう？　あなたの願いは、もう叶ったんですよ」

沙紀ちゃんがいる、普通の平穏な、日常系のマトモな高校生活。

うん。そういえばわたしは、それを心の底から願っていたような気がする。他のなにを犠牲にしてでも、それを手に入れたかったような覚えがある。

わたしは。

「人間、誰だって間接的には誰かを踏みつけにして生きているんですよ。誰かの平穏な日常っていうのはぜんぶ、どこかの誰かの犠牲のうえに成立している。そういうものなんです。けれど、あなたが平穏な日常を手放したからといって、それでどこかの誰かが救われるというわけではありません。せっかく、こうして平穏な日常を手に入れたのですから、それをつつがなく謳歌することこそが犠牲になった誰かの想いに報いることになるって、そういう風には考えられませんか？」

わたしはいったい、誰を犠牲にしたのだろうか？

「楓ちゃん……あなたは、一体なにを知っているの……？」

わたしは誰かを犠牲にすることで、この今の平穏な日常を得たのだろうか。自分が誰かを犠牲にして、踏みつけにしたこともすっかり忘れてしまって、呑気にみんなで仲良くお昼ごはんを囲んでいたのだろうか？

「神野さんは、自分が犠牲にしたものを知るために、せっかく手に入れた平穏な日常さえも捨ててしまって構わないと、本当にそんな風に思えますか？　平穏さというのは、奇跡的なバランスのうえで辛うじて成立しているだけのもので、いちど捨て去ってしまえば『やっぱり返して』なんていうわけにはいかないんですよ。好奇心は猫を殺す。平穏な日常が大切なら、非日常には近づかなければいい。ちょっとくらいの違和感には目を瞑って、かけがえのない今の日常を大事にすればいいじゃありませんか」

知らなければ、そもそも気がつかなければ、それで通すこともできたかもしれない。無自覚なままで、どこかの誰かを踏みつけにしながら平穏な日常を謳歌することだってできたかもしれない。でも気付いてしまったら、分かってしまったら。

「それは、やっぱりなにか違うような気がするから……」

わたしがそう答えると、楓ちゃんは深く息を吐いてから「まあ、仕方ありませんね」と、漏らす。「これで丸く収まってくれれば一番楽だったのですが、あんまり楽をし過ぎるのもよくはないかもしれません」

この人はなにかを知っているんだと思う。知っている人に訊けば分かることは、知っている人に訊くのが一番はやい。訊きもせず、調べもせずに、自分ひとりでウンウンと頭を悩ませるのは愚か者のすることだ。誰かがそう言っていたことをわたしはよく知っているから「なにか知っているのなら教えてよ、楓ちゃん」と、訊く。

楓ちゃんはいつもの無表情のまま、肩を竦める。

「残念ですけど、そういうわけにはいかないんですよ。もともとは意味のないことだったかもしれませんが、なんども繰り返すことによって、既にそれが召喚のための儀式として成立してしまっている。意味のない行為も、なんども繰り返せば意味が、文脈が発生してくる。ただわたしが真相を教えてしまうだけでは、条件が整わない。神野さんは自分自身で推理をして、この事件の真犯人を指摘しなければならない。

推理して真犯人を指摘することで、この事件を終わらせなければならない」

「なにそれ、意味分かんない」と、わたしは言う。

嘘だ。意味は分かっている。わたしはそういうことを、これまでなんども繰り返してきたのだ。真相を推理し、真犯人を指摘することで、自分の願いを叶えてきたのだ。自分の願いを押し通してきたのだ。

おそらく、もう真相に到達するためのすべてのフラグは立っている。たぶん、楓ちゃんはラストダンジョンの手前で「ここから先に進むと引き返せないぜ？　準備はいいか？」と、問いかけてくるだけの係だ。筋道じたいはこれで間違えてない。だからあとは、わたしが決意をして進むだけなのだ。

準備はオーケイ？　わたしは、オーケイだ。

「あの神社に行ってみればいいんだね？」と、楓ちゃんに確認をする。

楓ちゃんは否定も肯定もしない。つまり、肯定しているのと同じことだ。

「分かった。とにかく一度、あの神社に行ってみる」

「そうですか」と、楓ちゃんは心底残念そうに首を振る。顔をあげて、なにかを言いかけて、やめて、ただひとこと「気をつけて」と、言う。

楓ちゃんに背を向けて、わたしは歩き出す。下足室を出て、駅まで歩いて電車に乗る。地元の駅まで戻って、あの神社に足を向ける。

神社の入り口はわたしと沙紀ちゃんの家のちょうど中間くらいにあって、ゆっくり歩いても五分もかからない。こんもりとした杉林の一角にひっそりと石の鳥居があるだけだから、通りすがりの人はうっかり見落としちゃいそうだ。鳥居をくぐるとすぐに長い長い石段があって、けっこう角度も急だし、手入れもされてないから下の土が流れ出て前に傾いていて、危なっかしい。最近も、この入り口の鳥居の前はなんども通ったけれど、石段を上がって境内まで行ったことは長らくない。上がっても特になにがあるわけでもないし、この長い石段をわざわざ上るのは結構な動機が必要だ。

石段の両脇は背の高い杉林で威圧感があるし、昼間でも鬱蒼として薄暗い。わたしはしっかりと足元を見て、一歩一歩足場を確認して、ことさら慎重に階段を上っていく。こんな急で長い石段、万が一足を滑らせたら、きっとタダでは済まない。石段はただの坂道になっちゃうくらいに落ち葉が積もっているし、ところどころ苔むしていて滑りやすく、ときどきひやっとする。昔からこんなだったっけ？って思うけど、そういえばあの頃は、わたしたちが掃き掃除をしていたからもうちょっとマシだったのだ。

昔はこの石段も遊びながら上っていた覚えがある。チョキならチョコレートでパーならパイナップルで、グーならグリコ。その文字数ぶんだけ階段を上れるっていうやつ。

記憶の中では長い長い果てしない石段だったような気がしていたけれど、大人の足で黙々と一定のペースで歩いていると普通にすぐに上りきれてしまって、上にもうひとつ鳥居があり、その向こうがこぢんまりとした神社の境内になっている。

足元はびっしりと落ち葉に覆われていて、長らく誰も掃除をしていないのが窺える。

けれど、眼前に迫る鳥居のしめ縄の紙垂はアンバランスなほどに真新しいので、まったく誰にも顧みられていないというわけでもないのだろう。

多少開けてはいるものの、周囲を杉林に圧迫されて薄暗い印象だ。石段のある背後だけがすこし開けていて、閑散とした集落を見下ろせる。そちらがちょうど西を向いているので、夕暮れ時には沈みゆく夕陽を望むことができたと思う。

「ああ、なんか思い出してきた」

わたしは周囲を見回しながら、ゆっくりと境内を歩く。夏なのに、まだまだ陽も高いのに、風が通るせいか境内の空気はすこしひんやりとしている。片隅の大木の木肌に近寄ると、緑の地衣類がびっちりとくっついていた。ここって、こんな場所だったっけ？と、すこし思う。静かで、空が青くて、木々の葉も色鮮やかで、記憶の中のこの場所よりも実物はもっとずっと綺麗だ。ここで遊んだ覚えはあったけれど、不思議とこの場所の景色は曖昧だった。たぶん、子供の頃はただの開けた遊び場としか思ってなくて、景色にまで気を配っていなかったのだろう。

ふと、視界に沙紀ちゃんの幻影が浮かぶ。記憶の冷蔵庫の扉がほんのすこし開く。あ あそうだ、確かにこの場所で沙紀ちゃんと遊んだな〜っていう、その様子を思い出せる。

記憶の中の沙紀ちゃんは今よりもずっと背が低いけれど、頭が小さく、もう目鼻立ちがはっきりとしていて、既に超越的に綺麗な子で、子供というよりも大人の女の人をそのままのアスペクト比で縮小したような印象だ。

また「あ、そうだ」って思う。子供の頃のわたしは、沙紀ちゃんのことしか見ていなかったのだ。沙紀ちゃんがあまりにも超越的に綺麗で、毎日のように見ていても全然飽きなくて、見惚れてしまっていて、景色なんか目に入っていなかったのだ。だから、今さらになって「ここってこんな綺麗な場所だったんだ」なんて、思ったりするのだ。

超越的に綺麗な、沙紀ちゃんの幻影が走る。唯一、無邪気に笑いはしゃぐ表情の屈託のなさだけが、子供っぽさを残している。振り返って、ボールを避けるために腰を落とす。右にフェイントを入れて、左に跳ぶ。その映像が、スローモーションで見える。

そうだ。間違いなくこの場所だ。ここで、地面に四角い線を引いて中当てをして遊んだはずだ。わたしは四角い線の外にいて、沙紀ちゃんは中でボールを避けようと走り回っている。そして、わたしの向かいにはやっぱり、誰か男の子が。

男の子の顔は見えない。

懐かしい風景だ、と思った。それなのに、なんとも言いようのない居心地の悪さを感じてしまうのは、いったいどういうことなのだろうかと、自分でも不思議に思う。

「ああ、そうか」と、わたしはひとり、声に出してみる。

あの長い石段を上るのが面倒だっただけじゃない。わたしは無意識のうちに、この場所を避けていたのだ。すっかり忘れてしまっているだけで、わたしはこの場所になにか嫌な思い出があったのだ。

ふと、あたりが薄暗くなりはじめていることに気が付く。自分で思っていた以上に長い時間、過去の幻影を追って、ここでただ立ち尽くしていたようだ。目の端に写る赤い気配に背後を振り返ってみると、入り口の鳥居のむこうに見事なオレンジ色の夕陽があった。逆光で黒々として見える鳥居がグラデーションの空を四角く切り取っていて、地面の落ち葉が反射する赤の光が異界に繋がるまっすぐな道のようになっている。

夕陽が山の稜線にくっついて、だんだんと陰に隠れて完全に見えなくなって、赤い空が深紫色に変わって空が夜に落ちていくのを、わたしはただジッと見つめている。その間、わたしの頭の中にはどのような思考もない。不思議と、平らかに凪いでいる。

陽が暮れて、境内に自分の足元さえも見えないほどの暗い闇が訪れる。わたしは闇の中、ただジッと立ち尽くしている。ただただ、待っている。

不意に昇が「話してもいいかな？」と、言った。

「もちろん」と、わたしは答えた。

夜の境内は、日中よりもずっと空気が重くて濃い。質量と粘度を伴った闇が、身体にまとわりついてくる。遠くに見える集落の微かな灯りだけが、かろうじてわたしを現実の側に繋ぎ止めている。わたしは振り返らない。ひとつ息をついて、昇が言う。

「さてと、どこで気付いた？」

わたしはすこし考える。どこで、どころじゃない。すべてがそれを示していた。むしろ、どうして気付かなかったのかが不思議なくらいだ。

「冷静に考えれば分かったはずなんだよね。わたしは昇と同じクラスで席が隣同士だと認識していたんだけど、わたしの席は窓際で、隣は伊勢崎さんなんだから、それじゃあ昇の席は窓の外ってことになってしまう。辻褄が合わない」

「そうだな。腐れ縁もクソもない。たんに僕がそういうものだっただけのことだ」

わたしと昇が通算十年同じクラスなのも、不思議でもなんでもない。

「他にも、昇の足跡は残ってないとか、昇が人数にカウントされてないとか。それにそもそも、うちは女子高だし。昇以外に男子生徒はいないし、フロアには男子トイレもない。これだけ手がかりがあったのに、自分のあまりの間抜けさが嫌になるよ」

それぞれの事実はちゃんと認識できていたはずなのに、それらの矛盾をまったく気にしていなかった。違和感を覚えなかった。というよりも、たぶん。

「自分で目を背けていたんだろうね」と、わたしが呟くと、昇は「人は見たいものだけを見る。自分についた嘘には、なかなか気付けない」と、応じる。

心霊、祟り、呪い、わたし自身が脳内で作り出したイマジナリーフレンド、あるいは別人格。どう解釈してもいいけれど、そういう類のなにか。つまり――

「要するに、僕は実在しない」

わたしの背後で、たぶん昇は顎に手を当てて、視線を斜め下に落として考えをまとめている。なにを話すかちゃんとまとめてから、喋りだす。

「僕にも自覚はなかった。けれど、普通に考えれば分かったはずなんだよな。神野以外には僕は見えてないんだから、いろいろとおかしいことだらけだった。それなのに、まったく気にもしていなかったんだから、これじゃ僕も、探偵役としては失格だ」

探偵としては昇のほうがよっぽど適任なのに、わたしがその役割を担うことになっていたのは、なによりまず、昇の声は犯人には届かないからだ。

「最初は、まだ神野が小学生のときだったな。たったひとりで、誰にもバレないように事態を隠蔽しながら殺人事件の現場を調査して、手がかりや証拠を集め、推理によって真犯人を指摘するなんてこと、ただの女子小学生にできることじゃない。そのギャップを埋めるために呼び出された架空の探偵てきな人格が僕だ」

昇がいなかったら、いくらわたしでも沙紀ちゃんを殺した犯人を自分で見つけ出そうなんていう気は起こさなかっただろう。昇がいたからこそ、なんど沙紀ちゃんが殺されても、わたしはめげることなく推理し続けることができたのだ。できてしまったのだ。

「神野の他に僕を見ることができたのは、僕の声を聞けたのは、唯一、等々力楓だけだ。彼女が教えてくれたから、僕も自分がどういう存在なのかに気付くことができた」

楓ちゃんは「わたしたちはただ、交渉するだけ。拝んで、お願いして、あれらに自分で離れて頂くのです」と、言っていた。

「僕こそがこの際限のないループの元凶なんだ。あり得ないものはあり得ないものごとを呼び寄せる。見えてはいけないものを見ていると、現実には存在しない余計なものまで見てしまう。等々力も言ってただろう？　そんなものは存在しないんだと目を瞑って、無視して生きている現実の人間が、結局のところは一番強いって」

怖い話をしていると、怖いものがやってくる。怪奇現象や超常現象などには近づかないのが一番良い。立ち向かって打ち勝とうなんて考えるべきではない。

「だから、僕は等々力に頼んで自分を祓ってもらったんだ」

大人になるためのイニシエーションのようなものさと、昇が言う。幼少の頃から連れ添ったイマジナリーフレンドに別れを告げ、幻想の世界から一歩踏み出して、確固とした現実に地に足をつけて歩み始めるときがきたのだと。わたしの周辺で起こっていた怖い出来事は、飽くまでわたしの認識の中で起こっていただけなのだと。

「そんなわけで、怖い話はもうこれで終わりだ。僕のことも、この存在が完全に消え去ってしまえば、また忘れるだろう。今度はもう、思い出すこともない。そのうちに現実は綺麗に均されて、怖いことやあり得ないことは二度と起こらなくなる」

すべてはわたしの不安定で未熟な精神が見せる怖い夢。ちゃんと心を開いて見てみれば、世界はそこまで悪意に満ちたものではないはずなのだと、昇は言う。

「じゃあ、これでお別れだ。神野、元気でな」

そう言って、わたしの背後で昇が踵をかえす。わたしも昇に背を向けたまま「うん、それじゃあね」と、返事をする。

「と、言うとでも思ったか!!」

わたしは勢いよく振り返り、手を伸ばして立ち去ろうとする昇の手首をがっしと摑む。昇の手首を、摑むことができる！　昇は、わたしの妄想が生み出した実体を持たない幻影なんかではなく、やっぱり確かにこの世界に存在している!!　背後はすこしも見通せないような深い闇で、わたしの目には伸ばした自分の手すら見えない。けれど、暗闇の中でもはっきりと分かるくらい、昇の腕は、その表面は、ドロドロのタール状のなにかで覆われている。ねちゃねちゃとした不快な感触が掌に伝わり、ずるりと滑る。

「よせ、神野。こっちに引きずり込まれるぞ」と、昇が言う。「さあ、その手を離せ。離すんだ、神野」

「嫌だ！」と、わたしは叫ぶ。「この手は絶対に離さない。わたしの知らないところで、わたしの大切なものがいつの間にか誰かに奪われているなんて、自分だけが奪われたことにも気付かないままでいるなんて、そんなことは許さない！　認めない!!」

本当の真相になんて興味はなかった。わたしは沙紀ちゃんのことが好きなだけで、自分の大切なものを守れるのなら、真実なんてどうでもよかった。でも、そのために真実に蓋をして偽の解決で納得するのは、やっぱり違うと思う。それじゃあ、結局は本当に大切なものも守れなくなってしまうと思う。

「神野。自分の一番大切なものを、大切な人を間違えるな。ただのひとりの人間が全員を守るなんて、すべてを手に入れようなんて、どだい無理な話なんだ。神野は、神野が一番守りたい人間を守ることだけを考えろ。二番や三番にまで気を回していたら、一番大切なものまでも失うことになるぞ」

「うるさい！」わたしは大声で昇の言葉を遮る。「大切なものに一番も二番もあるもんか！　どれもぜんぶ大切だ!!　わたしは誰も諦めない。なにかのためになにかを捨てさせようとするやつは、大事なものを並べてどれかひとつを選ばせようとするやつは、全員嘘をついているんだ!!　わたしたちはすべてをほしがってもいい!!」

だいたい、昇の用意したこれは偽の解決だ。わたしはまだなにも推理していないし、真犯人を指摘してもいない。それでは儀式は成立しないのだ。この事件を真に終わらせるためには、わたしが推理によって真相に到達し、真犯人を指摘しなければならない。

「よせ神野、あれが来る」

わたしは昇の言葉を無視する。今回はシンキングタイムは挟まない。さっさと真犯人を指摘して、この事件を終わらせてしまおう。

「すべての元凶たる真犯人は、わたしだ」

わたしはこの一連の事件の本当の真犯人を指摘する。

「わたしにずっと寄り添ってくれていた昇は、あなたは、わたしの認識が作り出しただけの、ただの探偵役の幻影で、存在していなかったのかもしれない。けれど、最初から存在していなかったわけじゃないよね？　この神社で、この場所で、わたしと沙紀ちゃんと一緒に中当てをして遊んだ男の子は、たしかに実在していたはずだもの」

「神野、推理をするな。それはもう、儀式のひとつに組み込まれてしまっているんだ」

昇はそう言って、わたしの手を振りほどこうとする。わたしはますます手に力を込めて、ねちゃりとした昇の手首を握る。

「わたしがなぜ、無意識にこの場所を避けていたのか、すっかり忘れてしまっていたのか。それはこの場所で、わたしにとって思い出したくもないようなことが起こったから。沙紀ちゃんが死んで生き返った、その一番最初の事件は、この場所で起こったから」

沙紀ちゃんが好きだった。わたしが憧れるものをすべて持っている沙紀ちゃんが、とても輝いて見えた。本当に好きだった。他のなにも見えなくなるくらいに。

そして同時に、どうしようもなく嫌いだった。妬ましかった。

「そもそも、一番最初に沙紀ちゃんを殺したのは、わたしだった」

日暮れ前、赤に染まった神社の境内で、夕陽を背後にわたしのほうを振り返り、屈託なく笑った沙紀ちゃんの姿があまりにも綺麗で、綺麗すぎて、この世のものとはとても信じられなくて。

それは一瞬の気の迷い。その行動がどういう結果を招くかなんて、深く考えもせずに。

わたしは両手を伸ばし、沙紀ちゃんの背中を押した。

同じ人間だとは信じられなかった。なにか特別な祝福を受けている存在だと思った。

ここで、この超越的に美しい存在の背中を押したらどういうことになるんだろうかと、ふと疑問に思ってしまった。

本当に人間なのかを知りたかったのかもしれない。

本当に、他の人間と同じようにちゃんと死ぬのかを、確かめたかったのかもしれない。

ほんの少しの力で、軽く押しただけで、ただそれだけのことで、沙紀ちゃんは長い長い石段をごろごろと転げ落ちていった。途中で止まることなく一番下まで一気に転げ落ちた沙紀ちゃんの身体はあちこちが折れて捻くれ曲がっていて、首が明後日の方向を向いていた。完全に、死んでいた。

「わたしじゃない!!」

「わたしじゃない……」と、過去のわたしが呟く。「わたしだった!!」

「わたしだった」と、今のわたしが言う。「わたしだった!!」

殺すつもりじゃなかった。明確な殺意なんて微塵もなかった。でも、背中を押せば石段を転げ落ちることも、転げ落ちれば死ぬかもしれないことも、子供なりにちゃんと分かってはいた。分かったうえで、本当にそうなるのか確認しようとした。

好奇心は猫を殺すし、人だって殺す。

あれがやってきたのが、気配で分かる。この完全な暗闇の中では、世界に開いた穴のように真っ黒なあれを目で見ることはできないけれど、確実にきている。生温く湿気て、ねとねととしていた闇が、一気に冷えて固くなったのを感じる。わたしが真相を推理して真犯人を指摘したことで、あいつが取り立てにやってきたのだ。

真犯人であるわたしの存在を、根こそぎ削り取りにやってきたのだ。

ぐうううおおおおおおおあああおおおおおっ!!!!

ぐっごおおおおおあああおおおおおおおおおおっ!!!!

地の底から響くような重低音で、黒い少女が唸る。

「まったく、今さら蓋を開けてみたところで起こってしまったことがなにか変わるわけでもないのに、無駄なことをするね」と、昇の声がする。「あのとき、取り引きは成立したはずだ。僕は君の願いを叶え、君は僕に生贄を差し出した」

沙紀ちゃんが死んでしまって、沙紀ちゃんを殺してしまって、夕闇の中ひとり「わたしじゃない」と泣き叫ぶわたしのもとに、あの黒いよく分からないものがやってきたのだ。黒いよく分からないものは、よく分からない言葉でまだ小さかったわたしに語り掛けてきた。それは言葉ではない言語だったから、実際になんと言われたのか、どんな言葉だったのかはわたしにももう思い出せない。けれどあれはわたしに甘い言葉で囁きかけ、そして、わたしは願いを叶えたのだ。

自分のとても大切なものと引き換えに。

「君の願いは叶った。けど、それは仮初(かりそめ)のものに過ぎなかった。そもそも、人が願うにはあまりにも大きすぎる欲望だ。死者の復活は人類の歴史においても究極の願いのひとつ。僕はたしかに超常的な存在ではあるけれど、真なる神には遠く及ばない。この寂れた神社に蠢いていた、忘れられた神の残滓(ざんし)、有象無象の集合体に過ぎないのだから。運命の復元力までは、到底振り切れない」

たとえ一時的に生き返ったところで、死すべき運命にあるものは、殺されることが運命づけられている人間は、運命の復元力によって、またいずれ殺される。多少の遅いか早いかがあるだけ、誰に殺されるかの違いがあるだけで、すべては運命の誤差の範囲内。それが、なんど生き返らせても沙紀ちゃんが繰り返し誰かに殺されてしまう理由。わたしが沙紀ちゃんの生に背負わせてしまった、理不尽な宿命。

「だから、結局のところすべての努力は無駄だったんだよ。君がどれだけ頑張ったところで、蓮見が誰かに殺される運命までは変えることはできないし、多少の延命ができたとしても、それと引き換えに君は僕に対して次々と生贄を差し出すことになる。君が頑張れば頑張るほど、背負う必要もない殺人の咎を背負うことになる罪人が増え、君に指名された罪人の存在を喰らうことで、僕の実在はどんどん大きく成長する」

「わたしは……そんなつもりじゃなかった……」

わたしはただ、自分の軽はずみな行動で沙紀ちゃんを死なせてしまったことを後悔して、なんとかしたいと思っただけだった。そのためなら、自分のなにを犠牲にしてもいいと思っただけだった。

「嘘をつくな！」

昇が低い重い声で叫ぶ。ビリビリと空気が震える。

「お前はなにひとつ自分のものを差し出していない。自分の腹はひとつも傷めず、ただただ自分の見栄えだけを気にして毛繕いに精を出していただけだろう。自分の罪から目を逸らすために、周囲のすべてのものに負債を押し付けていただけだろう」

「違う……」

「違わない。お前はなにひとつ自分では背負っていない。お前が余計なことをしなければ、蓮見を中途半端に生き返らせなければ、麻生も香坂も、そもそも殺人を犯すことなどなかった。すでに死んでいる人間を殺すことなど、本来できはしないのだから」

知らない。あの人たちが沙紀ちゃんを殺したのは、あの人たちが勝手にやったことだ。わたしが意図してさせたわけじゃない。あの人たちの罪まで背負う必要なんてない。

「いいや、お前の罪だ。お前が乱した運命の因果を整えるために、麻生や香坂は運命の復元力に操られて望みもしない殺人を犯すことになり、その罪をお前に糾弾(きゅうだん)され、僕に存在ごと貪り喰われる羽目に陥ったのだ。お前が彼女たちに蓮見を殺させ、お前がその罪を指摘し、お前が彼女たちの存在を僕に生贄として差し出すのだから、マッチポンプもいいところじゃないか。お前が、お前だけが、お前ひとりがすべての元凶だ」

最初から意図していたわけじゃないけれど、結果的にできあがったこれは、邪悪なものを肥え太らせるための、実に効率的なメカニズムだったよ。

そう言って、昇がひどく下品な声で嗤う。

違う、こいつは昇じゃない。わたしが昇だと思って掴んでいたものが、いつの間にか別のものに入れ替わっている。恐ろしい、なにか邪悪な存在が昇の声を借りて喋っている。わたしは怖くなって、つい掴んだ手を離してしまう。

「そう、恐怖という感情は大切だ。怖いと感じたものからは逃げ、積極的に避けることを学ぶから、人は生きていられるんだ。自分から怖いものに近づいたり、立ち向かったりするのは愚か者のすることだ。怖いことからは、ただ逃げていればいいんだ」

そう言って昇は、昇の声を借りて喋っているなにものかは、フフッと嗤う。

「でももう、今さら逃げようとしたって手遅れだけどね。さあ、取り立ての時間だ。今までのツケも含めて、ぜんぶまとめて支払ってもらうぞ」

闇の中、無数の黒い触手が蠢いている気配がする。きっとわたしを削り取るために、今まさに襲い掛かろうと振り上げられている。

ぐっごおおおおおおおおおおお!!

どこかで黒い少女が唸っている。すぐ近くにいるようにも感じるし、遠くから響いているような気もする。わたしは心の中で、ずっと謝っている。

ごめんなさい。ごめんなさい。

沙紀ちゃん。軽い気持ちで殺してしまってごめんなさい。自分でもなんであんなことをしたのか全然分からないんです。ただふと、背中を押してしまいたくなっただけなんです。どういうわけだか、それがどんな結果を招くことになるのかを深く考える機能が、その瞬間には完全に停止してしまっていたんです。

自分の軽挙が引き起こした事態を、その結果を引き受けたくなくて、受け止め切れなくて、今までずっと目を逸らし続けてきたんです。

でもダメだ。いつまでも嫌なことや怖いものから逃げ続けているだけではダメなんだ。わたしが自分で始末をつけない限り、過去は逃げてもどこまでも追ってくる。これは、そういう物語だったのだ。最初からそうだったのだ。

大人になるためのイニシエーション。幻想の世界から一歩踏み出して、確固とした現実に地に足をつけて、歩み始めるときがきたのだ。

自分で自分の物語に幕を下ろすときがきたのだ。

なにかが素早く振り下ろされる、ビュッ！　という風切り音が響いて。

「よーちゃん!!」

突然の横からの衝撃に、わたしはザザッと地面に転がる。一瞬、眩しさに目が眩んで、見るとさっきまでわたしが立っていた場所に黒い触手がドスドスと降り注いでいる。

「沙紀ちゃん!? どうして!?」と、わたしは叫ぶ。懐中電灯を手に持った沙紀ちゃんが、地面に倒れたわたしのうえに覆いかぶさっている。

「よーちゃんの家に行ったらまだ帰ってないっぽかったから。よーちゃん神社に行くって言ってたし、ひょっとしてまだいるのかと思って……」

あ、そうか。そういえば断られちゃったけど、わたしは「今日一緒に神社に行ってみよう」って沙紀ちゃんを誘ったんだった。そりゃ沙紀ちゃんがわたしの居場所に見当をつけられるのも当然の話ではあるよなぁって、いや、そういうことじゃなくてさ。

「どいて、沙紀ちゃん。危ないよ」

わたしが言うと、沙紀ちゃんは付き合いの長いわたしでも今まで聞いたことがないような大声で「危ないのはよーちゃんも同じでしょ! どうしてこんな危ないことするの!?」と言い返してきて、あまりの剣幕にびっくりしてしまう。

「でも! だって、そもそも最初に沙紀ちゃんを殺してしまったのはわたしで……」

「それが一体なんだっていうの!?」

沙紀ちゃんが叫ぶ。沙紀ちゃんは怒っている。でも、なんだもなにも、そういうことだという以外にはなにもない。それこそが真実で、すべての真相なのだから。真犯人は糾弾されなければならないし、罪には罰が与えられなければならないのだから。

「わたしだったの！　沙紀ちゃんを殺したのはわたしだったんだよ!!」

「だけど、よーちゃんはいつだって、わたしのことを助けてくれたでしょ！　なんども怖い目に遭いながら、それでも諦めずに必ずわたしを生き返らせてくれたでしょ!!」

「だから！　それもこれも一番最初にわたしが沙紀ちゃんを殺さなければ、そもそも起こらなかったことなんだよ!!　全部わたしのせいなの!!」

「そんな仮定に意味ないでしょ！　よーちゃんはわたしを殺してしまったんだし、でも生き返らせてくれて、わたしは別に気にしてないんだからそんなことは別にいいの!!」

ええ……。気にしてるとかしてないとか、そういうレベルの話じゃなくない？

「よくないでしょ……。ちょっとした喧嘩とか怪我をさせちゃったとかならそれでいいかもしれないけれど、殺しちゃったら、普通はもう取り返しがつかないんだし」

「でもついたじゃない!!　ついちゃったじゃない、取り返し!!　たまたまかもしれないけど、イレギュラーかもしれないけれど、本来だったら一度やってしまったらもう取り返しがつかないようなことだったかもしれないけれど、普通じゃないかもしれないけれど、でも取り返しはついたじゃない!! だったらさ、そこはもう『ラッキーやったね！よかったね!!』でいいんだよ。でもとかだってとか持ちこむ必要なんかないの!!」

「でも……」

「でもじゃな～い!! そんなに気にしてるなら、わたしに内緒で陰でコソコソ元を取ろうとしたり辻褄合わせようとしたりするよりも前に、まずやることがあるでしょ!!」

「え、なに？ まずやることって」

「悪いことをしたら素直にごめんなさいでしょ！ 謝ってよ、よーちゃん!!」

あ、すごい。めちゃくちゃ正論きた。そういえばそうだ。わたし、自分のやったことの尻拭いをどうにかすることばっかりで、肝心の沙紀ちゃんにまだ謝ってなかった。

「ごめんなさい」

あまりにもごもっともだったので、わたしは素直にそう言う。「沙紀ちゃん、ごめんなさい。殺しちゃって、ごめんなさい」

「いいよ！ 許す!!」

そう叫んで、沙紀ちゃんはわたしをガシッと抱き締め、横に跳んで地面をゴロゴロと転がる。そのあとを、黒い触手がドスドスドスッ!!　と追いかけてくる。

「あと、よーちゃんありがとう！　わたしが殺されても殺されても、諦めずになんどでも生き返らせてくれて、ありがとう!!」

沙紀ちゃんはバッと立ち上がって、わたしを庇うように一歩前に出る。黒いわけのわからないもののほうに懐中電灯を向ける。灯りに照らされて、闇の中に黒い少女の輪郭が浮かび上がる。その周囲では無数の巨大な蛇のような触手がウネウネと躍っている。

「ダメ、沙紀ちゃん。このままじゃ沙紀ちゃんまであいつに存在が削られちゃう」

「だからって、よーちゃんが削られても困っちゃうでしょ」

「でも、これはわたしの罪だから。わたし自身の負債だから」

「な～にをあ～～んなワッケの分かんないヤツが言ってること真に受けちゃってんの!?　よーちゃんが謝ってわたしが許したんだから、そんな負債なんてどこにもありはしないの!!　ああいう邪悪なやつっていうのはね!!　だいたいまずは相手になにかの罪悪感を植え付けて、それを盾にして行動を支配しようとするものなの!!　こんなのは小狡い連中の常套手段なの!!　鼻で笑って蹴散らしてやるのが正解なの!!」

そうだろうか？　本当にそうなのだろうか？　あれが邪悪な存在なだけで、わたしはただ邪悪なものに騙されているだけなのだろうか？

願いも呪いも、同じものの表裏一体。あれをそういう邪悪なものにしてしまっているのも、結局はわたし自身の認識のほうなんじゃないだろうか。

「沙紀ちゃん、やっぱりどいて」

わたしは立ち上がり、沙紀ちゃんの肩に手を添えて、引く。

「でも、よーちゃん」

沙紀ちゃんが振り返り、眉根を寄せる。

「大丈夫。もう、あれにわたしの存在を差し出して、それで終わりにしちゃうようなズボラな真似はしないから。沙紀ちゃんのおかげで、ちゃんと思い出したから。わたし、沙紀ちゃんだけじゃなくて、他にもまだ謝らなきゃいけない人がいたから」

黒いタールに包まれた少女が、ひときわ大きな咆哮をあげる。

わたしは沙紀ちゃんの懐中電灯の灯りを頼りに、黒い少女へと歩み寄る。ウネウネと虚空で躍る、触れたものの存在を問答無用で削り取ってしまう触手は、けれど、わたしに襲い掛かってくることはない。鎖に縛られた黒い少女が、無理矢理に抑えつけているようにも見える。前に伸ばしたわたしの手の、その指先が、黒い少女を覆っているねちょりとしたドロドロのタールのかたまりに触れる。さらに押し込むと、黒いネトネトの中にずぶりと指が埋まる。現実に存在するわたしの指が、その奥にある黒い少女のようななにかの、実在する身体に触れる。

わたしはそのままもう一歩歩み寄り、両腕を回して黒い少女を抱き締める。わたしの腕の中で、黒い少女がまた大きな声で唸る。

げおおおおおおおおおおううういいいいい!!

そうだ。わたしはこの子を知っている。この子が誰だか知っている。

「ごめんね。わたしのせいで、こんなにも長いあいだ辛い思いをさせてしまって」

わたしは黒い少女の耳元に囁きかける。回していた腕を離し、手探りで少女の顔にへばりついているドロドロのタールをかきわける。拭い取って、振り捨てる。ベチャリ、ベチャリ、と地面にタールのかたまりが落ちる音がする。

ごぽっ!!　と、空気が通る音がして、黒い少女が大きく息を吐く。

「よーちゃん」

声がした。まだ声変わりもしてない子供の甲高い声。けれど、これは少女のものではなく、小さな男の子の声だ。まだ小さかった頃、昇はよく女の子に間違えられるような、身体の小さいかわいい顔をした男の子だった。

「それなのに、昇はずっとわたしのことを守ろうとしてくれていたんだね」

ドロドロのタールに包まれて、鎖でグルグル巻きにされて、黒いなんだかよく分からないコレに捕らえられていた少女の正体は、まだ小さかった頃の昇だ。わたしが自分の願いを叶えるため引き換えに差し出した、わたしのとても大事なものだ。神隠しに遭っていなくなってしまった男の子だ。たぶん、この黒いわけの分からない邪悪なものは、別にわたしに使役されていたわけではなく、この子が内側から抵抗してくれていたから、わたしを削ることができなかっただけだったのだ。

忘れられた神の残滓、有象無象の集合体は、昇の身体を得て実体となった。空の概念である神様には、いろいろなものがくっつきやすい。わたしのせいで、邪悪な存在をたくさん喰らったこれは、すっかり邪悪ななにものかになってしまった。

「よーちゃん、逃げて……」と、昇が弱々しい声で言う。

呪われていると思っていた。恨まれていると思い込んでいた。わたしの軽挙の穴埋めのために、勝手にわけの分からないものに生贄に差し出されたのだから、当然わたしのことを憎んでいるだろうと考えていた。

そのわたしの勝手な負い目が、本当はとても大切な人だったはずの昇まで、こんなにも恐ろしいものに見せてしまっていたのだ。恐れを取り除いてちゃんと真正面から向かい合っていれば、なにも怖いことなんかなかったはずなのに。昇はきっと、この黒いなんだかよく分からないものから、ずっとわたしのことを守ろうとしてくれていたのに。

「でも、もう大丈夫だから。ちゃんとわたしが、自分で決着をつけるから」

わたしは小さな昇から手を離し、ペタリとした真っ黒な穴でしかないそれに向き直る。目に見えなくとも、そちらでなにか禍々しい気配が蠢いていることは分かる。

「もういいのかい？　神野羊子」と、昇の声のなにかが言う。

「うん。これは最初からわたしの罪、わたしが背負うべき罰だから。本当は最初からこうするべきだったことだから」

記憶の中で、子供の頃のわたしが、わたしじゃない!!　と叫ぶ。ひたひたと静かに夜が滲み出してくる赤暗い夕闇の中、わたしじゃない!!　わたしじゃない!!　と、それだけを繰り返している。戻して!!　お願いだから!!　って叫んでいる。

戻すことはできる、と、闇の奥からなにかが応える。

わたしの声に、なにか超常的なものが応じる。

物事はつり合いが必要だ。願いには、等しいだけの対価を差し出さなければならない。子供のわたしが「わたしじゃない!!」と、また叫ぶ。続けて「昇が!!」と言う。

それはトリックも隠蔽工作もなにもない、その場しのぎのただの嘘。けれど、それで十分だったのだ。真相を当てることは願いを叶えるための要件じゃなかった。わたしはただ、誰を生贄に差し出すのかを指名するだけでよかった。推理をしたり、真犯人を指摘したりするのは、ただわたしが自分で納得するための儀式に過ぎなかったのだ。

わたしの願いは聞き届けられ、死んだ沙紀ちゃんは何事もなかったかのように生き返り、引き換えに、昇は神隠しに遭って消えてしまった。

よーちゃんって沙紀ちゃんのことを好き好き言ってるわりには、なんかその好きが空虚だよね。あんまり伝わってこないというか、沙紀ちゃん本人を見てない感じがするというか。むしろ自分に言葉でそう言い聞かせているみたいだよ。

乃亜ちゃんは正しい。わたしは、わたしが沙紀ちゃんにしてしまったことの償いのために沙紀ちゃんを生き返らせたかったのだし、その根本の原因がわたしにあるということを自分自身に対しても隠蔽して合理化するために、沙紀ちゃんのことが好きだからと自分に言い聞かせていただけなのだ。

　昇を差し出してしまった罪悪感に蓋をするために、昇は消えてなんかいないってことにしてしまうために、架空の昇まで自分の中に作り出して。

　わたしは、どこまでも自己中心的で、自分は悪くないと思い込むためならばいくらでも現実のほうを捻じ曲げてしまえる、絵に描いたような典型的な子供だった。

　でも、もう、子供の時間は終わったのだ。

　わたしは自分自身の過ちも受け入れて、大人にならなければならない。

「沙紀ちゃんを殺し、身代わりに昇をあなたに差し出したのはわたし。わたしがこの事件の真犯人。犯人は、神野羊子」と、わたしは改めて、黒いなんだかよく分からない超常的な存在に対して宣言する。

「ごめんなさい。自分の過ちを、自分の罪を受け入れられずに、無茶なお願いをしてしまって。それから、ありがとう。わたしの無茶なお願いを聞き入れてくれて。あなたのおかげで沙紀ちゃんが生き返ったのは、それは間違いなく事実だから」

　自分のやったことを認めて、謝って、してもらったことにはお礼を言って、それでやっと次のことが始められるのだ。ようやく、わたしの罪の清算が始まるのだ。

きっと、このよく分からない超常的ななにかは、本来はこの神社にいた神様だったのだろう。素朴に人の願いを叶えようとするだけの、そういう存在だったのだろう。それを捻じ曲げて邪悪ななにかにしてしまったのも、わたしなのだ。

なにもかもをぐちゃぐちゃに混ぜたままで自分に酔って、曖昧にぜんぶ自分が悪いんだってまとめて引き受けてしまうのも、結局はややこしい現実から逃げているだけのことで、全然なんの責任も果たしてなんかいないのだ。

「でも、もういいんです。この罪は、わたしが引き受けますから。ちゃんと自分で引き受けられるから。だからお願いです」

昇、ごめんなさい。わたしはただ、怖かった。怖いものから逃げたくて、ぜんぜん関係のない昇のことを差し出してしまった。昇はただその場に一緒にいあわせただけで、なにも悪くなんかなかったのに。

「その子を、昇を、もう解放してあげてください」

黒いなにかが弾けて、懐中電灯の灯りなんかじゃ話にならない深い闇が爆発的に拡がる。闇は触手を伸ばし、わたしのほうへと伸びてくる。

ああやっぱり、誰かが清算しなければいけないんだな。

死にたいわけじゃないけれど、消えたいわけじゃないけれど、でもそれも仕方がないかなって、いい加減にわたしも受け入れている。陶酔的な自己犠牲じゃなくて、もっと凪いだフラットな心で、冷静にそう考えている。誰かが帳尻を合わせなければいけないのなら、それはやっぱりわたしであるべきなのだろう。

「遠つ御祖の神!!　ご照覧ましませ給え!!」

カッ！　と、唐突に目もくらむような光が辺りに満ちる。強い光に照らされて、拡がっていた闇が押し込められ、ギュッ!!　と、小さなひとつの影にまとまる。

「帰命!!　効験空しからざる天照の大印!!」

いつかも聞いた、破邪の祝詞。振り返ると、逆光を背負った弓道着姿の楓ちゃんが、ゆったりとした優雅な動作で弓矢を打ち起こしているところだ。

「掛けまくも畏き御神!!　是までのご加護、誠に感謝致す処なれど、彼の人すでに自ら歩む術を身につけたるが故、是より御手煩いなるには及ばず戻食せと畏み白す!!」

「あはは。楓ちゃんってやっぱスーパーヒーローみたいだよね。そういうことできるなら最初からやればいいのに、ちゃんと登場するタイミングは間違えないんだから」

なぜかその背後には乃亜ちゃんもいて、手には強力なマグライトを持っている。境内を照らし出す強い光は、別に楓ちゃんの超能力とかじゃなくて、普通に乃亜ちゃんのマグライトのものだったらしい。

楓ちゃんが軽くチッと舌打ちをして、打ち起こしていた弓を元のポジションに戻し

「熊谷さん。わたしもこう見えて、本気で集中しないとヤバい系なんですが？」と、軽く眉を寄せる。あ、確かに。やっぱり表情はほとんど変わらないけれど、眉毛と上瞼のラインによくよく注目してみると、ちょっと怒っているのがちゃんと分かる。

「え、ごめんね？　わたしそれ系の空気読むのマジで苦手だからさ。あ、今わりとシリアスなシーンなのね？　うん、自重するね」

そうだね、クライマックスもいいところだよね。楓ちゃんは無言のままひとつ頷いて、何事もなかったかのように再び弓を引く。

「宝珠と蓮華と光明の大徳の智」

力の渦が光となってぎゅいんと矢の先に収束し、楓ちゃんが叫ぶ。

「亡者得脱(とくだつ)!!　転化(てんか)せしめよ!!」

ばいーんっ!!

放たれた光の矢は小さな黒い影を射抜き、弾けて拡がる。光の粒子が霧雨のように、

深い闇に包まれた境内に降り注ぐ。しばらく闇の中にキラキラとしたなにかが舞っていたけれど、それもやがて溶けるように消えてなくなり、ただの夜が戻ってくる。

「終わった……の……？」と、沙紀ちゃんが顔をあげ、虚空に向けて呟く。

「はい、とりあえずのところは」と、楓ちゃんが応える。「それに、神隠しに遭っていた男の子の身体も、どうにか取り戻すことができたようですね」

マグライトで丸く照らし出された境内に、いつの間にか男の子がひとり倒れている。まるで女の子のようだった子供の頃の昇ではなく、いつもわたしの目に見えていた、成長した姿の昇だ。ダボダボだったハーフパンツはすっかりサイズが小さくなっている。

「呼吸も脈も正常。外傷もなし。命に別状はなさそうです」と、楓ちゃんが素早く昇の脇に屈み込み、ざっと確認をして所見を述べる。「でも、やはり魂が抜けている」

神隠しから戻ってくる人も、ときどきはいる。けれど大抵の場合、身体が戻ってきても魂は抜けた状態になってしまっているものらしい。

「そんな……どうにかならないの……？」

わたしが訊くと、楓ちゃんは「やれるだけはやってみますが」とは言うけれど、睫毛を伏せて首を振る。「これだけの大事ですから、誰も消えずに済んだだけで御の字というものかもしれません。なにもかも、完全に元通りというわけにはいかないようです」

楓ちゃんは弓から弦を外して、弓袋に仕舞う。武器が必要になるような、危機的な状況は去ったということらしい。

「ありがとう、楓ちゃん」

よく分からないけれど、楓ちゃんのおかげで助かったのは間違いがないようなので、わたしはお礼を言う。ホッとしたのもあって、ちからが抜けて素直にそう言える。

「構いませんよ、友達ですから。わたしも自分の友達は、助けられるものなら助けたいですしね」と、楓ちゃんは気安そうに肩を竦める。「それに、わたしは自分に祓えるものを祓っただけです。すべてが混然一体となった邪神は、わたしごときの力で祓いきれるような相手ではありません。あれを祓える状態にしたのは神野さんの覚悟ですから、最終的には神野さんが自分の問題に自分でケジメをつけたってことなんだと思います。あれでも元は神様ですからね。神様には、きちんとお願いをするのが正道なのです」

利用したり出し抜いたり退治しようとしたりするんじゃなくて、ちゃんと真正面から謝って、お願いをすること。たぶんこうだろうなっていう思い込みで、勝手に相手の気持ちを慮るんじゃなくて、きちんと話し合って、気持ちを言葉で伝えること。

きっと、相手が神様でも友達でも、やるべきことは同じなのだろう。

「あ、わたしもいちおう友達として駆けつけたんだから、そこのところよろしくね？」

と、横から乃亜ちゃんが言ってくる。まあ、なんの役に立ったのかは知らないけれど、わたしを心配してわざわざ電車を乗り継いでこんな辺鄙（へんぴ）な集落にまで来てくれたのは事実だし、シリアスに傾きすぎな空気をそこはかとなく中和してくれた気がしないでもないかもしれないから、そこのところはいちおう感謝をしておく。

「ひとまず、この男の子は警察に引き渡して、病院に運んでもらうのがいいですかね」

何年も行方不明になっていた男の子が、ひょっこり見つかったのだ。さすがに、警察沙汰を避けることはできないだろう。これは、現実に起こってしまったことなのだから。

「まあ、なにか悪いことをしたわけではないのだから大丈夫だとは思いますが、取り調べとか、すこし面倒なことにはなるかもしれません。わたしは慣れていますから、アレならわたしがやっておきますけれど、神野さんたちはどうします？」

楓ちゃんがそう言って、わたしと沙紀ちゃんは顔を見合わせる。

「ううん、わたしたちも付き合うよ。他人事ってわけにはいかないし」

「うん。さすがに、そこまで楓ちゃんひとりに任せてしまうわけにもいかないから」

わたしたちがそう答えると、乃亜ちゃんは「ええ〜」と、眉を顰めながらも「ん〜、じゃあわたしも付き合おうか。ここからひとりで帰るのも寂しいし」と、言う。

「面倒だけど、仕方ないよね。友達だもん。友達って、面倒なもんなんだよ」

なんか変な組み合わせだけど、ひょっとするとこの四人は本当に友達なのかもしれないな、なんてことをちょっと考えたりもする。

多くはなくても、ちゃんとそれなりに友達はいて、学校の中ではちょっと浮き気味だったりもするけれど、それでもそこそこマトモな高校生活で、普通の範疇に入れてもいいくらいには平穏な毎日が続いていて。

うん。自意識過剰の女の子が思い詰めて暴走したり、そこに友達が駆けつけて口喧嘩したり、ちょっとしたピンチがあったりしつつ、最終的にはちゃんと仲直りして、悪いやつもやっつけて、なんか丸く収まったり。これくらいのことは、きっと一般的な女子高生てき青春においては日常茶飯事なのだ。こんなのはぜんぜん、普通の範疇に入れてもいい。そしてきっと、このくらいのちょっとしたトラブルもありつつ、最終的には丸く収まる感じの日常系ミステリーの日々が、これからもずっと続いていくのだ。

わたしは静かにそう願っている。

# エピローグ

人が死なないコージーミステリー

西向きの境内は午前中はほとんど陽が射さないから意外なほどに涼しいんだけれど、さすがに身体を動かし続けているとじっとりと汗ばんでしまって、わたしはブラウスの第一ボタンを空けて、パタパタと胸元を扇ぐ。気の早い蟬がギャンギャンと鳴いていて、すっかり夏だな～って感じで、周囲を取り囲む鬱蒼とした杉林の緑も、なんだか彩度が上がって明るい色合いになってきた気がする。

「よーちゃん、そっちのほうの掃き掃除は終わった？」

拝殿のほうから沙紀ちゃんが訊いてきて、わたしは「終わったと言えば終わったし、まだと言えばまだかな」と、曖昧な返事をする。なにしろ、放置されていた期間があまりにも長いから、そんな思い立ってその日のうちに、これで完璧!! ってところまで掃除しきれるわけもない。まあ、わりと地面は見えてきたし、妥当なラインだとは思う。

「もう今日のところは終わりでいいんじゃないの？　飽きてきちゃった」と、ちりとり代わりのハンドドラッセル（雪かきにつかうアレ）を振り回しながら、あけすけに乃亜ちゃんが言う。飽きてきちゃったっていうか、わりと最初から飽きてたよね？　わざわざ付き合ってくれている時点で、わたしから文句を言う筋合いでもないんだけれど。

「どちらにせよ、今日一日だけではなく定期的に手入れをする必要はありますからね。一気に根を詰めずとも、気長に少しずつやっていけばいいと思いますよ」

楓ちゃんがそう言って、微妙に笑う。最近は楓ちゃんのこのものすごく微妙な表情の変化も読み取れるようになってきた。

今日は期末試験の最終日で、学校は午前中で早々に終わったから、沙紀ちゃんと後回しになっていた神社の掃除をやってしまおうって話をしてたら楓ちゃんも手伝ってくれることになって、そういうことならと、ついでに乃亜ちゃんもついてきたのだ。

あの黒いわけの分からないなにかにくっついていた諸々は楓ちゃんがばい～んっ!!と祓ってくれたみたいなんだけど、その元となった神様はやっぱ神様なので、おいそれと祓うわけにもいかないらしく、また変なものがくっついてしまわないように、ちゃんとお祀りしないといけないそうだ。

「始祖たる神ほどの力を持たないとはいえ、八百万の神を祀るこの国においては人の願いを叶える神のうち。本来、神に善いも悪いもありません。祟る邪神を善き神へと転じるのが、祀るということです。こういった地味なやり方のほうが正道なんですよ。神様というのは打ち倒したり祓ったりするものではなく、祀るものなんです」

あれは最初から、人の願いを叶える神様ではあったのだ。

子供の頃、わたしはこの神社を自分たちの場所だと思っていて、子供なりに掃除とかの手入れをやっていて、それが祀る行為になってしまっていたらしい。

「祀るというのは形式ではなく、心持ちの問題ですからね。神野さんは知らず知らずのうちに、ここの神様と縁ができていたのでしょう」

それが、あのなんだかよく分からないものに、わたしの願いが聞き届けられてしまった原因だったのかもしれない。ひょっとしたら、ここの神様はただ素直に、自分を祀ってくれている子供に恩返しをするため、その願いを叶えてあげたかっただけだったのかもしれない。神様の考えることなんか、永遠に分からないんだけど。

たぶん、神様に考えがあるわけじゃなく、わたしがどう受け止めるかなのだろう。

「祈りも呪いも同じものの表裏一体。ちゃんと普段からの手入れを怠らずに続けなければ、どんなに崇高な祈りもいずれは呪いに転じてしまうものなんですよ」

そんなわけで、わたしはこれからも定期的に、この神社の手入れを続けていかなければばならないということらしい。自分なりにできる範囲でになっちゃうけど。

まあいろいろあったので、本当にいろいろとあったし、わたしもいろいろとしでかしてしまったので、これくらいのことはペナルティーとしては軽すぎるくらいだし、甘んじて受け入れようと思う。それに、一時は無意識のうちに足が遠のいていたこの神社も、今ではわたしの中でまた「自分の場所」って感覚になってきているから、手入れをするのだってそれほど苦にはならない。サボってきた期間が長いから、最初のうちはちょっと大変だけど、一度がっちりやってしまえば維持するのは大した手間でもないだろう。

「じゃあ、そろそろお昼にしようか？　せっかくお弁当も作ってきたんだし」

沙紀ちゃんがそう提案して「お、いいね〜。そうしよう」と、乃亜ちゃんが乗る。

拝殿の階をざっと掃除して、そこにみんなで腰を下ろして各々のお弁当を広げる。

「こうして落ち葉を払ったりするだけでも、だいぶ見違えたな〜。前に来たときは完全に心霊スポットてきな陰鬱な雰囲気だったけど、これくらいならパワースポットてきな光のニュアンスがそこはかとなく感じられる気配がなくもないかもしれないね？」

乃亜ちゃんがお弁当箱のだし巻き卵をつまみながら、ぐるっと周囲に視線を向ける。

この馬鹿みたいな晴天のせいかもしれないし、たんにみんなと一緒にいるって状況のせいかもしれないけれど、たしかに、前に来たときよりも陽の気配を感じる気はする。ていうか、あの、それすごくおいしそうですよね。

「そういえば、あの神隠しに遭ってた子ってどうなったの？　って、ん？　ほい」

言いながら、乃亜ちゃんがわたしのものほしそうな視線に気付いて、だし巻き卵をひとつ、ほいと差し出してくれる。いえ〜い!!　乃亜ちゃんやっさし〜!!　と、わたしはぱくっと食らいつく。ん〜、ほどよい半熟卵とだしが絶妙に絡んでこれは……。

「まっず〜〜〜〜い!!」

思わず天に向かって叫びましたわよ。

「は？　どこが？　普通においしくない？」

「まっず!!　え？　ていうか、にっが!!　にっが〜〜〜〜〜!?　（ペッペッ!!）　なにこれ!?　なにが入ってるの!?　だし巻き卵じゃないの!?」

「ん、ゴーヤ巻きだよ」

「う〜口のなかいっぱいに広がる苦みがうえ〜っ」

忘れてた。そういえばこの子はベジマイトとかの一般的な味覚でいえばまずい食べ物が大好きなんだった。うう〜、舌に空気を当ててなんとか苦みを散らすしかない。

「よーちゃん、自分から人のもの貰っておいて、その反応は普通に失礼じゃない？　どこまで無礼が許されるかで親密度を測ろうとするのはやめたほうがいいと思うよ？」

いや、全然そんなつもりはないんだけど、ていうか毎度のことながら、そのフラットなノリで唐突にはじまる正論やめようよ。けっこうヘコむから。

「よーちゃんはお子様舌だからね」と、言いながら、沙紀ちゃんがペットボトルの飲み物を差し出してくれる。ああ、助かった。この口の中を占拠する強固な苦みは、もう飲み物で一気に飲み下すしかない！　ゴクゴクゴクゴクゴク～～～ッ!!

「まっず～～～～～～い!!」

思わず天に向かって叫びましたわよ。

「え、なんで？　おいしいと思うけど」

沙紀ちゃんは素の表情で首を傾げてるから、たぶん悪意ある悪戯ではないと思うけど。

「まっずいよ！　ありえないくらいにまっずいって!!　なにこの謎の液体は!?」

「冴えるハーブと緑茶」

まずその「冴える」という修飾語はどこに掛かっているのか。飲むと冴えるハーブなのか、冴えているハーブなのか、そもそも飲み物の評価軸として冴えるってどうなんだ。

「あ〜これだから貧乏舌は〜」とか乃亜ちゃんは言ってるし、沙紀ちゃんも一緒になって「ね〜？」って感じなんだけど、いや絶対にあなたたちの味覚がおかしいだけですからね？　個性的なほうが優れているなんていうのは、高校生ぐらいの時分に陥りやすい若さ故の過ちですよ。絶対に無理して個性派を気取ってるだけでしょ。

なにごとも普通が一番。ていうか、あまりのまずさに吹き飛んじゃったんだけど、なんの話だったっけ？　あ、そうそう。昇のこと。

「数日は入院してたんだけど、やっぱり身体のほうにはなにも異常はなかったみたい。今はもう自宅に戻ってるよ」

昇の身体は八年ぶりに、神隠しから戻ってきた。けれどやっぱり戻ってきたのは空の身体だけで、神隠しから戻ってきた人のテンプレ通りに、魂は抜けてしまっていた。

「ふーん。あ、そう。神隠しと言えば、今日ちょっと不思議なことがあったんだけど」

自分から話を振っておいて、そんなに興味がある風でもなく、乃亜ちゃんは早々に別の話題へと切り替える。ほんと、このへんのフリースタイルぐあいはヤバいと思う。

「不思議なことって？」と、沙紀ちゃんが訊くと、乃亜ちゃんは「学校の廊下でなんか変な子を見かけて」と言ったあとで、ん〜と虚空に視線を彷徨わせる。

「変な子？」

「うん、四階の廊下で。変な子っていうか、変な格好の子。足元は上履きだったから、たぶんうちの生徒だとは思うんだけど、ジェダイの騎士みたいなマントを羽織ってて」

「マント？」

「たぶんね。ちょっと離れてたし後ろ姿だったから前がどうなってたのかはよく分からないけど、なにしろああいう臙脂色のマント風のなにかを羽織った子が歩いてたわけ」

でも女子高生なんか変なセンスの子も普通にいるし、変といえば変なんだけど普通レベルの変さだとは思う。沙紀ちゃんなんか今日も頭にエビフライついているし。

「で、え～？　なんだろなんだろ～って思って、後ろを尾けてみたんだけど」

「尾けてみたの?!」

いや変な子が歩いてたからって、そんなノータイムですぐ尾行開始する？　するか。

そういえばこの子はするんだった。

「あんま近づくとバレちゃうしさ。距離を空けてそーっとついていって。で、その子が非常階段の扉を開けて外に出て、後を追ったら臙脂色のヒラヒラが階段を上がっていくのが見えたから、そのまま追いかけていったの」

なんかヒラヒラしてたから追いかけていくって、行動原理が完全に猫でウケる。

「で、四階だったからすぐ上は屋上じゃん？　でも、上に行っても誰もいなかったんだよね。スッと消えちゃったのその子。謎のジェダイパワーで空に飛んでいったってわけもないし、うわっ、神隠しだって思って」

あ、話おわり？　うーん、まあ不思議といえば不思議だけど、神隠しってほどでもないよね。普通に乃亜ちゃんの見間違いじゃないの？

「いや普通に昼間だし、わたし視力はいいし、ただの見間違いってことはないと思うけど。怪奇現象だよ。楓ちゃん、なんかそういうジェダイっぽい怪異とか知らない？」

「どうでしょうね。いま聞いた話だけではなんとも言えませんが」と、楓ちゃんはよく見ないと分からない程度に微妙に眉を下げる。「うちの学校の上履きを履いていたのなら、やはり普通にうちの生徒なのではないでしょうか。屋上から消えた理由は分かりませんが、ちゃんと調べれば現実に合理的な説明がつけられる類のものでは？」

「合理的な説明がつけられるなら、それはそれでわたしは別にいいんだけど。ねえ、よーちゃんは？」と、乃亜ちゃんが唐突に、すごく曖昧にわたしに話を振ってくる。「なんか思いつくことがあったりしない？　よーちゃん、こういうのをあれこれ推理したり、探偵っぽいことやったりするの得意じゃん？」

「いや、わたしはもう探偵役は引退したので」

わたしが探偵っぽい役回りをこなしてきたのは事実だけれど、あれはやむを得ずやっていただけで別に好きでやっていたわけではないし、本当の探偵役は別にいて、わたしはその腹話術人形をしていただけのことだから、最初から探偵役ですらなかったのだ。

わたしの役どころは、コナンくんで言えば気を失った毛利のおっさんである。

探偵の魂が去ってしまった今となっては、わたし自身には探偵役の素養などない。

「まあでも、そういう系の日常の謎というか、あんまりシリアスなことにならなそうなコージーなミステリーはわりと好きだよ。気になるといえば気になるかな」

開幕一行目から友達が殺されているとかのハードな展開はもうこりごりだけれど、日常の中の取るに足らない謎を解決していくうちに、友達との関係が深まっていったりして、灰色の高校生活がだんだん色づいていくみたいな、そういう青春に憧れはある。

「うーん、でもまだ情報が曖昧すぎない？　その話にはふたつの謎が含まれているよね。なぜその子はジェダイみたいな恰好をしていたのかっていうのと、その子は屋上からどうやって消え去ったのかっていうふたつ」

こういうのは複合した状態で考えてみてもなかなか答えは出ないから、分解できるだけ分解して、ひとつずつ考えていくのがセオリーだ。

「でもせっかくだから、ここから先は本来の探偵役にやってもらおうよ」

「お、今日はここに来るんだっけ?」

「うん。今日は高校の編入手続きに行ってるって」

実体を持たない抽象的な存在だったあのなにかは、その存在を強固に顕現させるために物質の身体を求めたということらしい。わたしの願いを叶えるための対価として、昇の身体は容れ物としてもっていかれてしまい、浮いた魂は外に弾かれた。

そして、その魂は呪いとして、あるいは祈りとして、わたしに取り憑いていた。

わたしにずっと寄り添ってくれていたあの探偵の魂は、わたしが脳内で勝手に作り上げただけのイマジナリーフレンドなんかじゃなくて、身体から分離した昇の魂だったのだ。楓ちゃん曰く、普通、肉体を持たない魂はやがて拡散して消えてしまうものらしいのだけれど、呪いとしてわたしの身体に間借りするかたちとなっていた昇は消えることなく、ずっとわたしの傍で、わたしと共に同じ時間を積み重ねてきていたのだ。

あのなにかから身体を取り戻したいま、その魂は本来あるべきところに収まっている。

「あ、噂をすれば影じゃない？」

そう沙紀ちゃんが言って、わたしは鳥居のほうへと目を向ける。

寝起きそのままって感じで、無造作にあちこちにぴょこぴょこと飛び出した黒髪が、風に揺られてふわふわと揺れている。ひょろんと縦に長細いシルエットの男の子が、のんびりとした歩調で石段を上って、すこしずつ姿をあらわす。

「昇〜！」

わたしは名前を呼んで、お箸を持ったまま大きく手を振る。

昇は苦笑いみたいな微妙な表情で、曖昧に手を挙げて応える。実物の昇は、わたしがイメージしていたそれよりも、もうすこし背が高くて肩幅もあって、髪はすこしカールしていて、わりとしっかり男の人って雰囲気をしている。

昇が隣に腰を下ろして、わたしが話す。昇はぼんやりとした口調で応える。

「まだ情報が少ないな。考えるのは後だ。先に見れば分かること、調べれば確定できることをもっと集めよう。推理なんか事実が勝手にしてくれる」

このようにして、人の死なないコージーミステリーてきなわたしたちの日常は、これからもずっと続いていくのだ。ずっと。

光文社文庫

文庫書下ろし

彼女は死んでも治らない

著　者　大澤めぐみ

2019年8月20日　初版1刷発行

発行者　鈴木広和
印　刷　新藤慶昌堂
製　本　ナショナル製本

発行所　株式会社　光文社
〒112-8011　東京都文京区音羽1-16-6
電話（03）5395-8149　編集部
8116　書籍販売部
8125　業務部



落丁本・乱丁本は業務部にご連絡くだされば、お取替えいたします。
ISBN978-4-334-77875-0　Printed in Japan



組版　萩原印刷

光文社文庫最新刊

KOBUNSHA